Wie is Libby Skibner?

Ander werk van Daan Remmerts de Vries

Godje (2002) Gouden Griffel 2003
Ridder Prikneus (2003)
De Noordenwindheks (2004) Zilveren Griffel 2005
Circus Pingies. Een avontuur van Zippy en Slos (2006)
Lieve Muis (2007)

Daan Remmerts
de Vries *Wie is
Libby Skibner?*

Amsterdam Antwerpen
Em. Querido's Uitgeverij BV
2007

www.queridokind.nl

Omslag Brigitte Slangen

ISBN 978 90 451 0563 5 / NUR 284

Een schildpad steekt zijn kop naar buiten.
Hij wil wel, maar hij kan niet fluiten.

(Oud rijmpje)

I

Het was gewoon een wonder.

Dat Suzan bij me kwam staan, bedoel ik. Dat ze naar me toe kwam, uit zichzelf.

Sorry dat ik meteen zo begin, met zo'n overenthousiaste start. Maar ik had zin om met iets leuks te beginnen, er komen nog moeilijkheden genoeg namelijk.

En het was echt wel bijzonder. Het was, denk ik, echt het begin van dat hele halfgare gedoe.

Ik zat te lezen, aan de rand van het schoolplein, tijdens de grote pauze. En ineens stond ze naast me.

'Hoi,' zei ze.

Ik keek om me heen, ik dacht dat ze het tegen iemand anders had.

'Hoi,' zei ik.

Ik kende haar wel namelijk, ze zat in mijn klas. Maar we hadden dus nog nooit iets tegen elkaar gezegd.

'Dinsdag geschiedenis,' zei ze, alsof het doodnormaal was dat ze me opmerkte.

Ik zat een geschiedenisboek te lezen, dat kon ze zien.

'Tja,' zei ik.

'Het wordt weer niks,' ging ze verder. 'Ik kan al die dingen niet onthouden.'

'Je moet er een verhaal van maken,' zei ik.

Ik zat opeens iets te verklappen. Zonder dat ik er erg in had. Maar jezus, ik zag wel dat dit een heftig moment was. En ik had inmiddels zoveel hunkering in me, dat ik haar, tijdens die eerste ontmoeting, zo ongeveer *alles* zou hebben verteld wat ze maar van me wilde weten.

'Hoezo?' vroeg ze.

'Voor jezelf,' zei ik, met een kop als een rode biet. 'Als je Napoleon eh... Pietje noemt, en je noemt generaal Wellington eh... Robbie. En je stelt je voor dat die oorlogen hier op het schoolplein zijn gebeurd, nou, dan krijg je een heel ander verhaal.'

Suzan dacht na.

'Huh,' zei ze.

'Zo leer ik al jarenlang alles voor school,' zei ik.

Dat was gedeeltelijk waar. Al jarenlang had ik m'n systemen om al die dingen te onthouden, al die dingen die je moest weten. Omdat iemand het blijkbaar belangrijk vond dat je de veldslagen van Napoleon kon opnoemen, of wiens kop er was afgehakt tijdens de Franse revolutie, of wiens kop juist niet. Het interesseerde natuurlijk eigenlijk geen mens meer, al die details, en als je erover nadenkt is het ook belachelijk. Ik wist niet eens wat het beroep was van onze *buurman*, om maar iets te noemen, maar van die Napoleon moest je weten wat hij het liefste at en waarom hij niet van honden hield of juist wel. Maar goed, ik had dus allerlei systemen om die dingen niet te vergeten.

Een van die systemen – het meest simpele – was om getallen en feiten te veranderen in personen. In mensen. Die mensen konden dan kinderen krijgen of groepen vormen, of ze konden trouwen of scheiden of elkaar vermoorden; al die mensen speelden dus met elkaar een verhaal.

Een verhaal is nou eenmaal makkelijker te onthouden dan een rijtje kurkdroge jaartallen.

Een ander systeem was het bouwen van een kathedraal. Een kathedraal is een groot gebouw met honderden versieringen, ik had er ooit een gezien in Frankrijk. In mijn hoofd had ik sindsdien hele kathedralen gemaakt, en op die kathedralen stonden in plaats van versieringen mijn eigen schilderingen en opschriften. Als ik iets nodig had, een jaartal of een formule of zo, dan hoefde ik maar omhoog te klimmen langs zo'n muur, en daar kwam ik dan alles tegen wat ik er zelf had aangebracht.

Het zit nog wel iets ingewikkelder in elkaar, maar ik ga het je niet verder uitleggen. Ik wil alleen dat je weet dat ik dat soort spinsels had ontworpen voor de lol. Omdat ik toch niks beters te doen had. Nou ja, ook om geen last te krijgen op school.

Ik vertelde dit in het kort aan Suzan. Ik praatte nogal snel, geloof ik. Ze begon steeds vreemder te kijken.

'Kun je dat nog een keer uitleggen?' vroeg ze ten slotte. 'Vanmiddag, bij mij thuis?'

Een snelle denker was ze niet, maar ze had iets vriendelijks. Dat is al heel wat, vind ik. Mensen die niet overdreven cool of gehaaid proberen te zijn, maar gewoon vriendelijk, omdat ze nou eenmaal zo in elkaar zitten.

'Oké,' zei ik.

'Wil jij een stuk van mijn Twix?' vroeg ze.

Dat was vriendschap, wat ze me aanbood. Geen stuk van een chocoladereep, maar vriendschap.

'Graag,' zei ik.

Daarna zaten we etend naast elkaar op dat stoepje, en ik wist dat er nu iets nieuws was begonnen.

2

Hunkering is wel een mooi woord.

En toepasselijk.

Ik had het in me, dat had ik net al gezegd. Een hunkering naar levende mensen. Naar mensen die wat terugzeiden, bedoel ik. Naar mensen die luisterden. Ik had zo lang alleen maar gepraat met al die personen die ik had bedacht. En met voorwerpen.

Kun je je voorstellen? Zelfs met voorwerpen had ik gesprekken. De voorwerpen in mijn kamer. Een oud, stenen olifantje. Een blikken trommel waar een Chinees op stond. Een standaard van een lampje, een soort draak. Daar zei ik dus tegen wat ik had bedacht, of wat me dwarszat, en zo'n voorwerp gaf antwoord. Je mag het stom vinden, echt, dat mag. Maar het hielp me.

Ik hoor je nu al zeggen: en je familieleden dan?

Natuurlijk praatten wij ook met elkaar. Natuurlijk praatte ik ook met mijn vader of mijn broer of mijn moeder.

Maar dat was niet genoeg. Want de dingen die wij tegen elkaar zeiden bleven ergens steken. Wij vroegen wel eens hoe het met de ander ging of zo, zeker. Tijdens het eten. Maar ruimte om iets kwijt te kunnen was er eigenlijk niet.

Ik kom er nog op terug.

3

Ik ging die middag mee naar Suzans huis.

'Nou,' zei Suzans moeder toen we daar binnenkwamen, 'dat lijkt me een heel andere meid dan de vriendinnen die je meestal meeneemt.'

Ik dacht even echt dat iemand zag dat ik anders was, dus ik begon alweer te kleuren, maar Suzan gaf me een duw en zei: 'Wil je een tompoes?'

Die mensen aten namelijk voortdurend.

'Ma!' krijste Suzan. 'Je hebt toch wel tompoezen gekocht? Het is vrijdag!'

Ik kromp in elkaar onder dat geschreeuw. Als Tim of ik binnenshuis zo hadden gebruld, dan hadden we wel iets kunnen verwachten.

Suzans moeder zei alleen maar: 'Tuurlijk heb ik die!'

Ze stond op en schuifelde naar de keuken, het was een groot, dik, goeiig mens, en daarna kwam ze terug met een schaal die volgestouwd was met gebak. Alsof ze de banketbakker had leeggekocht. Die schaal zette ze op een laag tafeltje, en nauwelijks was dat gebeurd of een zwarte veeg schoot door de kamer. Het volgende ogenblik stond een hond te kauwen op een moorkop.

'André!' riep Suzans moeder.

Suzan begon gillend te lachen.

'Hij is naar André Hazes genoemd,' legde Suzans moeder uit. 'Net zo gulzig. En zingen kan ie ook.'

'Als pa begint te zingen, zingt-ie mee,' zei Suzan. 'Je zult 't vanmiddag wel zien. Ze doen 't iedere dag.'

En intussen schrokte de hond z'n gebakje naar binnen, en de gemorste room likte hij van het tapijt.

Suzans kamer was anders dan de mijne. Ze had vooral erg veel. Bij mij had alles z'n vaste plek, hier lag alles kriskras door elkaar. Allemaal voorwerpen die glanzend en nieuw in hun schil zaten, en niks te vertellen hadden. Maar ik vond dat toen wel rustig; die uitpuilende kasten met kleren, die plastic bureaulamp, die rijen praktisch nieuwe schoenen, haar computer, dat waren allemaal spullen die zorgden voor een makkelijk soort veiligheid. Voorzichtig hoefde je daar niet zijn. Alles was vervangbaar.

Ik keek vooral naar haar rekken met cd's – allerlei muziek die ik niet kende, onder andere van die André Hazes.

Popmuziek was bij ons niet verboden. Maar het stond wel op een of andere zwarte lijst waar je niet op wilde komen te staan.

Suzan kocht gewoonweg wat haar opviel, wat ze hoorde op de radio of de tv. En ik vond het leuk. Ik hield zelfs echt van reggae.

Ik hoorde dat die middag voor de allereerste keer.

Het leek ontzettend simpel. Nauwelijks melodie, alleen maar een paar gitaarakkoorden, en daaroverheen een schorre, donkere stem. Maar toen ze een van die cd's opzette was het alsof een tropische zon begon te schijnen. Het betoverde die volgepropte kamer. Het was haast een *bevrijding*, alles werd er bijna mooi van.

Ik geloof dat mijn mond openhing.

'Je mag er best een lenen,' zei Suzan.

Ik zag me al in mijn kamer, met die Bob Marley, op datzelfde volume. Mijn vader zou binnenstormen, zeker weten, met afgrijzen op zijn gezicht. Ik hoorde hem al zeggen: 'Wat is dit voor godsliederlijk ge-*dreun*?!'

'Dat komt wel eens,' zei ik tegen Suzan.

Ik probeerde zo luchtig mogelijk te klinken.

Ze pakte haar geschiedenisboek, en ik dacht opeens te begrijpen waarom ze zo aardig voor me was. Ze wilde iets van me leren, en als dat klaar was zou ze me weer net zo hard laten vallen. Dat leek me logisch. Mensen hebben je ergens voor nodig, dacht ik, en anders zien ze je niet staan.

Ik ben ook vervangbaar, dacht ik. Net als je spullen.

We lazen een alinea, en ik probeerde haar – heel erg vereenvoudigd – uit te leggen hoe je je eigen verhaal kon maken van al die plaatsen en jaartallen en generaals en echtgenoten. Ik geloof wel dat er iets van doordrong tot Suzan.

'Gaaf,' zei ze na een uur. 'Als ze me dit soort dingen nou eens op school zouden vertellen, dan werd alles misschien wat minder saai.'

Ik knikte maar wat. Het ging voornamelijk weer door me heen dat ik alleen maar te gast was hier, in dat huis waar de hond van het tapijt mocht likken. Van beneden kwam nu ook muziek, iets hards en grofs.

'Dat is Dennis,' zei Suzan. 'M'n broer. Die kickt op Metallica.'

Ik begreep toen nog niet alles wat ze zei.

Wat later fietste ik naar huis. Eenmaal binnen ging ik meteen naar mijn kamer. De akkoorden van mijn vader zweefden als een vliegend tapijt door het trappenhuis, en dat ergerde me op dat moment behoorlijk. Op mijn bed haalde ik mijn tas leeg en vond die cd van Bob Marley.

Suzan had hem stiekem in mijn tas gedaan. Ze had het gezien. Ze had gezien dat ik dat overweldigend prachtig had gevonden.

Even stond ik met die cd in mijn hand naast mijn bed. Toen begon ik te huilen.

4

Nu, terwijl ik dit schrijf, is mijn vader ook aan het werk. Hij is verder gegaan met zijn *Cantate voor een Libel*, een stuk waar hij al eeuwenlang mee bezig is. Blijkbaar lukt het weer. Vanuit de diepte komen zijn akkoorden omhoog, als een kleurige stroom. Je kunt horen dat hij zich beter voelt.

Mijn vaders muziek is de kleur van ons huis. De muren zijn nogal vaal, en de meubels en de plinten en dat soort dingen ook. Maar mijn vaders muziek is altijd aanwezig, en dat geeft alles dus toch een kleur. Zíjn kleur.

Ik zeg daar verder niks van, behalve dat we er allemaal volkomen aan gewend zijn. Mijn vader is componist, en het enige wat je meestal van 'm merkt is die stromende rivier van noten. Daar leeft hij voor. Daar leeft hij, dacht ik een tijdlang, zelfs meer voor dan voor ons. Ik zie hem nu ineens weer voor me, gnuivend voorlezend uit de krant.

Een oude herinnering.

Hij had toen succes. Er was iets geschreven over zijn nieuwe stuk.

Hij stond midden in de huiskamer en riep: 'Kladschrijvers! Ze begrijpen er geen zak van!'

'Maar wel een hele pagina,' zei mijn moeder. 'Erg lovend en een aardige foto. Ze vinden het mooi.'

'Mooi!' riep mijn vader. 'Een zonsondergang is mooi! Of een flutroman! Maar dit gaat over een *symfonie*!'

Hij was echt even gelukkig toen. Ik hoorde het aan de verontwaardiging waarmee hij dat zei, en aan dat gnuiven dat erop volgde. Hij had succes. Hij werd gezien door de wereld.

Dus het was allemaal niet voor niks, die eenzaamheid.

5

Ik was toen nog jonger. De wereld was anders. Minder ingewikkeld.

Ik was toen alleen maar Elizabeth. Of Liesbeth. Of Lies. Ik was maar één persoon toen, ook al had ik dan drie namen.

En volgens mij is het logisch dat ik toen voornamelijk praatte met mezelf en met voorwerpen. Dat ik dromerig was. Want zo'n beetje het enige wat ik kon doen vroeger was dromen, in ons dromerige huis aan de Jupiterstraat.

Ons huis is vanbinnen groter dan vanbuiten. Vanbuiten is het tamelijk gewoon. Maar naar binnen lopend, vanuit de tuin of door de voordeur, had ik vroeger vaak de indruk dat ik me begaf in een liggend dier. Een ademend wezen, met kloppende, lege gangen die leidden naar ruisende kamers. Een plek waar wij mochten wonen, zolang we ons maar wisten te gedragen; zolang we oppasten waar we gingen staan en zitten, zolang we niet te hard stampten of gilden. Zolang we het dier maar niet wakker maakten met onze spelletjes of ruzies.

Misschien denk je nu dat ik overdrijf, maar ik kan je zeggen dat ik levende wezens – wezens die niet doorhadden dat ze moesten oppassen – heb zien doodgaan in ons huis. Natuurlijk komen er insecten binnen, als een raam op een kier staat. Een enkele keer zie je ze rondscharrelen – maar nooit lang. En later vind je dan een omgekrulde wesp in een hoek, en je weet, je voelt, dat die niet is gestorven omdat hij niks te eten heeft gevonden, maar omdat het huis hem te pakken heeft genomen.

Ik heb lang gedacht dat wij zo anders waren dan iedereen omdat we woonden in ons huis.

De duisternis boven de trappen, de roerloze stilte van de kamers en het gesuis van de zwarte dennen in de achtertuin... Ik heb er nooit helemaal aan kunnen wennen. En soms wist ik zelfs niet waar ik het zoeken moest. Als mijn vader weer eens huilend naar buiten rende omdat het niet ging met componeren, als mijn moeder zweeg, maar wel voor zich uitkeek, met haar grote, bruine ogen, dan... dan was de binnenkant van ons huis *bodemloos*.

Ik ben een keer 's nachts opgestaan. En ik heb rondgelopen, luisterend aan de muren. Op allerlei plekken drukte ik mijn oor tegen de wand. Soms fluisterde ik: 'Kun je me horen?'

Omdat ik dacht dat er een schildpad in de muur woonde. Die schildpad had het huis betoverd, en als ik hem kon vinden, en bevrijden, dan zou de betovering worden opgeheven.

Dan zou alles normaal worden.

Dan zou de stilte voorbij zijn.

Zo stom is dat niet. Ik heb later in een krant gelezen dat er inderdaad soms schildpadden in muren worden gevonden. Dat was toen net weer gebeurd. Een huis was afgebroken, en in het cement was een schildpad ontdekt. Die schildpad moest daar meer dan tachtig jaar hebben gezeten.

En hij leefde nog!

Toen ik dat las wist ik meteen hoe het mogelijk was dat die schildpad na tachtig jaar nog leefde. Volgens mij was dat omdat hij droomde. Als je droomt gaat de tijd heel snel. Daarom, begreep ik, had die schildpad het doorstaan, stil wachtend in zijn muur.

6

We zijn alle vier nogal dromerig. Laat ik het daar maar op houden. Ik heb mijn moeder zelfs maar één keer horen lachen. Ik kan me maar één keer herinneren, en het was niet toevallig dat dat buitenshuis was. Dat was toen de buurjongen hardop tegen mij zei: 'Je hebt een mooie, melancholische moeder.'

Ze kwam juist op dat moment een vuilniszak buiten zetten, aan de straat, en ze hoorde die zin. En ze lachte. Een kort lachje, een beetje hees.

Iets uitzonderlijks. Want bij ons was het niet normaal dat er gelachen werd.

7

Bij anderen was het wel normaal. *Is* het wel normaal! Bij Suzan thuis werd namelijk niet alleen gegrinnikt of gegniffeld, daar werd zelfs geschaterd.

Het huis van Suzan was niet alleen klein vanbuiten, maar ook vanbinnen. Alles was daar precies wat het was. De leren stoelen, de gladde porseleinen poezen in de vensterbank, de vingerplanten; al die voorwerpen verborgen niks, hadden geen eigen taal en bezaten geen dubbele bodems of gedachten. En blijkbaar was dat prettig, blijkbaar mocht iedereen daartussen zijn wie hij of zij wilde zijn.

Die eerste middag bij Suzan ontmoette ik ook haar vader. We kwamen naar beneden, en hij zat naast haar moeder op de bank. Hij had een paar borrels op (zei Suzan). Hij was iets aan het uitleggen, en toen, midden in een zin, waar ik bij was, begon hij te *zingen*. Plotseling stond hij op en zong: 'Ja, wij weten wat we willen! Twalef vrouwen hebben vierentwintig billen! En een paard die heeft een scheur, van hier tot aan de kamerdeur!'

En iedereen lag in een deuk. Suzan, haar broer én haar moeder.

Vooral Suzans moeder kwam niet meer bij. En die vader zong maar door, rauw en onmuzikaal, en hun hond begon mee te janken.

Die jankende hond, als een wolf naar de maan, dat was echt grappig.

Zoiets kon ik me niet voorstellen bij ons. Die hond had het bij ons niet lang gemaakt; die was opgekruld in een hoek gevonden. En mijn vader neuriede wel eens, aan tafel. Maar dan was hij niet bij ons.

Ik leerde bij Suzan dus lachen. Bij haar leerde ik, al meteen die eerste middag, dat je niet altijd bang hoefde te zijn om je stem te gebruiken. Dat moest ik opnieuw uitvinden.

Mijn moeder zei toen later, op een avond, 'dat ik

maar niet te veel moest omgaan met die Suzan'.
'Waarom?' vroeg ik.
'Het is een tamelijk vulgair meisje,' zei ze.
'Wat is nou precies vulgair?' vroeg ik geërgerd,
want dat woord had ik intussen zo vaak gehoord.
'Vulgaire mensen,' zei mijn moeder, 'leven in on-
wetendheid.'
En daarna was ze weer gaan lezen, een Duits boek,
Goethe.
Dat was typisch mijn mooie, melancholische moe-
der. Die er niet van hield dat ik de lach van Suzan na-
deed, omdat dat in ons huis vreemd schel klonk.

8

Schildpadden lachen niet.
En ik was Elizabeth de schildpad.
Ik was gevangen in een schildpaddendroom.
Dat was tenminste het verhaal dat ik voor mezelf
had gemaakt. Omdat ik toen nog niet kon begrijpen
waarom de sfeer bij mij thuis zo anders was dan bij anderen.

Je moet stil zijn.

Dat kreeg ik ingeprent. Dat is me zó vaak gezegd!
En dus werden we stil. Tim en ik, we kropen weg in
ons schild. We waren stil in onze kamer, stil in winkels,
stil op straat en stil in de klas. We leerden luisteren,
zeker, en we leerden onthouden. Maar we waren een

timide soort van kinderen, geloof ik. Het soort dat tijdens de pauze een beetje achteraf staat. Het soort dat niet precies weet hoe je een bal moet wegtrappen, als die toevallig in de buurt terechtkomt.

Ik zeg niet dat dat erg is of zo. Die kinderen moeten er ook zijn. Maar het verklaart misschien waarom we ook niet zo groot zijn geworden. Tim en ik, misschien zijn we klein gebleven omdat we eeuwig onopvallend moesten zijn. Misschien was dat onze manier om te gehoorzamen. Binnenshuis viel dat niet op.

Maar zodra je een stap buiten de deur zet vergelijk je je met iedereen die je tegenkomt, en natuurlijk begon ik uiteindelijk wel door te krijgen dat die schildpadderige ingetogenheid typisch iets was van ons.

9

Suzan lokte me naar buiten. Ze was ermee begonnen om tegen me te praten, en ik antwoordde.

Waarover we dan praatten? Niet over thuis. Ik keek wel uit. Ik was bang om haar af te schrikken met mijn verhalen, en bovendien dacht ik dat ik iets zou verraden als ik te veel zou vertellen.

Het was dus algauw zo dat ik soms, na school, met haar meeging en zij ging nooit mee met mij. Ze vroeg er wel eens naar, hoe ik woonde, maar ik mompelde dan maar wat. Echt welkom zou ze toch niet zijn geweest. En tompoezen, daar deden wij niet aan (die waren blijkbaar ook vulgair).

Die gesprekken hadden we in het begin dus meestal op haar kamer, nadat ik weer eens had geprobeerd om haar bij te spijkeren voor school. Zij leerde mij intussen popmuziek en ik liet haar klassieke cd's horen. Ze luisterde braaf naar Mozart en Chopin, maar het verveelde haar enorm, dat zag ik wel. Ik hield er al na twee keer mee op.

We praatten toen over kleren. Suzan zei het nooit rechtstreeks, maar ik begreep dat ik andere kleren moest gaan dragen.

'Joh,' zei Suzan bijvoorbeeld, 'wil je niet eens iets... nou ja, iets met een beetje meer kleur?'

Of: 'Zulke broeken... die zijn zó ouderwets dat ze weer bijna modieus zijn.'

Ik vroeg dus kleedgeld thuis, en tot mijn verbazing kreeg ik dat. Mijn moeder dacht na, knikte, en stopte me honderdvijftig euro toe. Dat was voor drie maanden, zei ze.

Jezus, dat zal ik nooit vergeten: de eerste maal dat ik met Suzan naar het winkelcentrum ging en zelf wat kon gaan uitzoeken. Tot dan toe waren mijn kleren altijd vaal en degelijk geweest. Schapenwollen truien. Gebleekt katoen. Stevige schoenen. Alles even onopvallend. Schildpaddenkleren.

Maar nu stapte ik achter Suzans rug binnen in een knetterende wereld van kleuren. Een onontdekte planeet van schreeuwende combinaties, van glitters, hakjes, opdrukken, ruches, topjes en blouses.

Ik was verblind. Ik liep daar rond als een kind in een snoepwinkel. Ik vergaapte me aan rood en roze en goud en zilver. Ik had alles wel willen uitproberen, alles leek me fantastisch en gewaagd, die drie biljetten van vijftig euro brandden in mijn zak. Er was zoveel keus! En met zoveel – dat begreep ik direct – kon ik nooit van m'n leven thuiskomen.

Ik kocht die middag, onder Suzans leiding, twee dingen: een spijkerrok en een witte kanten blouse. We dronken daarna een milkshake en arm in arm liepen we door die winkelstraat, waar ik nog maar nauwelijks was geweest, omdat ik er nooit echt een reden voor had gehad. Harde muziek beukte uit elke winkel naar buiten en we gierden van het lachen, ik zou niet meer weten waarom. We bekeken onszelf in een spiegel, en ik vond dat ik er vaal en nietszeggend uitzag naast Suzan, die make-up droeg en oorbellen in had. Die, al was ze aan de mollige kant, precies scheen te weten hoe ze verleidelijk moest zijn.

Voordat ik in de namiddag ons huis binnenliep stopte ik die blouse onder in mijn tas. Maar de spijkerrok had ik aangehouden.

Mijn moeder keurde mijn aankoop af, dat zag ik meteen. Ze zei natuurlijk niks. Maar die ene opgetrokken wenkbrauw sprak boekdelen.

Want dát waren mijn moeders manieren om zich uit te drukken. Haar wenkbrauwen. Haar gebaren. De groeven rondom haar mond. Haar nadrukkelijke stiltes op bepaalde momenten. Haar blikken. De manier waarop ze iets neerzette.

Al die woordloze bewegingen had ik al lang geleden 'het kleine leven' genoemd. En ik was volkomen getraind om daarop te letten, om de meest minuscule nietigheden te kunnen onderscheiden.

Ik zag die middag haar wenkbrauw omhooggaan, maar ik deed alsof ik niks in de gaten had. Ik hield die rok aan.

Mijn vader, die avond, viel het niet op dat ik wat anders droeg. Neuriënd zat hij aan tafel voor zich uit te staren, en zijn preisoep dikte langzaam in.

10

De volgende ochtend, op weg naar school, trok ik de witte blouse aan.

Kleren zijn ook wonderlijk. Want ik voelde me onmiddellijk nieuw, zo gloednieuw als die blouse in de winkel was geweest. Kleren kunnen dat voor je doen. Ze kunnen je maken of breken. Onopvallende kleren zijn niet erg, maar de *verkeerde* kleren zijn een ramp. Dat had ik wel gezien aan sommige leerlingen in onze klas. En aan mezelf, daar moet ik maar eerlijk in zijn. Ik had ooit in de klas gezeten met een paar echt lompe schoenen, om maar wat te noemen. Het liefst wil je je voeten er dan afschroeven.

Maar ik had nu iets wat goed was. Mooi. Sexy zelfs. Dus daar, aan de rand van dat park, werd ik herboren. Werd ik zelfs iemand met lef. Iemand die zijn oude huid had afgestroopt, en nu begon aan een groter leven.

Een kerel in een trainingspak zag dat ik me stond

om te kleden, hij floot. Tot nog toe was ik alleen maar rood geworden, de doodenkele keer dat ik werd opgemerkt door mannen. Nu kon ik erom glimlachen, en het was een overwinning toen die kerel met een van z'n witte gympjes in een modderplas stapte, omdat hij hardnekkig in mijn richting bleef gluren.

Ik besloot dat dit een mooie dag zou worden, en dat werd het ook.

'Halló!' riep Egbert van der Waal – een nogal gladde jongen – toen ik de klas binnenliep. 'Hallo hé! Wat is er met *jou* gebeurd?!'

Ik werd gezien! Na eeuwenlang het onzichtbare meisje te zijn geweest, werd ik gezien! Na duizend jaar eenzaamheid werd ik opgemerkt! Ik liep anders. Ik bewoog me zekerder. Ik durfde rond te kijken. Ik zag Suzan glimlachen, ergens tussen een paar andere meiden. Ik zag haar denken: mijn opvoeding heeft succes.

Op dat moment kwam Krijmborg binnen, van wie we Nederlands hadden. Met een klap sloot hij de deur achter zich, en iedereen ging haastig zitten, groepje bij groepje.

Onze klas – en dat zal wel overal hetzelfde zijn – bestond uit groepen. Je had een paar jongensgroepen – de Kakkers en de Hiphoppers – en je had een paar meidengroepen – de Hockeymeiden en de Trendy's. En dan had je natuurlijk nog de leerlingen die nergens bij hoorden. De eenlingen. Ik zeg niet dat ik dat grappig vind of zo, echt niet. Dat groepjesgedoe was behoorlijk irritant meestal. Ze lachten, om maar iets

25

te noemen, keihard om elkaars grappen. En als ze toevallig de pest aan je hadden, dan lieten ze je dat voelen, dan kreeg je de hele meute tegen je. Niet dat ik daar nou problemen mee had gehad, daarvoor was ik te onopvallend geweest. Maar het zal je niet verbazen dat ik een eenling was, totdat Suzan die middag naast me kwam zitten.

'Zo jongelui!' riep Krijmborg.

Krijmborg was ook weer een verhaal apart. Je zult het wel merken. Hij liep nu door de klas en zijn schelvisogen loerden rond.

'Goedemorgen, meneer Huttenbach!'

Cor Huttenbach keek knipperend op. Hij was een eenling. Hij was zelfs de meest eenlingerige eenling die er in onze klas te vinden was. Hij zag eruit alsof hij eeuwig iets kwijt was. Hij droeg ribfluwelen broeken.

'Hebben wij ons opstel geschreven?' vroeg Krijmborg.

'Ja,' zei Cor zwakjes.

Hij legde het op z'n tafel.

'En het gaat deze keer *niet* over de Tweede Wereldoorlog?'

'Nee,' zei Cor.

'Nee wat?'

'Nee, meneer Krijmborg.'

'Respect is een teken van wijsheid, meneer Huttenbach. Wat hadden wij ook weer afgesproken?'

'Ik moest een sprookje schrijven,' zei Cor.

Krijmborg knikte.

'We gaan het zien, meneer Huttenbach. Sterker

nog: we gaan het horen van onze eigen klaskabouter!'
Er werd eerbiedig gegrinnikt, intussen griste Krijmborg het papier naar zich toe. Vervolgens liep hij alle tafels langs, waar iedereen zijn opstel had neergelegd.
Zo was de toon weer gezet, en niet bepaald voor het eerst. Al zoveel vaker was Cor gedwongen tot voorlezen voor de klas, van tijd tot tijd onderbroken door Krijmborg.
'Wat bedoelen wij hiermee, herr Huttenbach? Al die mannen in uniformen? Valt u daar soms op, herr Huttenbach? U kunt het rustig zeggen, we zijn hier onder vrienden!'
Dat soort vragen.
De Kakkers begonnen dan te grinniken, die vonden het verrukkelijk als een zwakker iemand met de grond gelijk werd gemaakt. De Hiphoppers keken verveeld, die vonden alles vervelend wat niet met hiphop te maken had, en sommige meiden waren bezig met hun nagels. Ja, de toon was weer gezet, elke keer slaagde die psychopaat daar geweldig in, en iedereen deed dus z'n uiterste best om maar niet de aandacht naar zich toe te trekken.
De les trok voorbij; invuloefeningen, een kort dictee. Daarna klapte Krijmborg zo luid mogelijk zijn boek dicht.
'We hebben nog tien minuten,' zei hij. 'Dus ik geloof dat het hoog tijd is voor onze dierbare klasgenoot. De beurt is aan Corrie Huttenbach!'
Onze dierbare klasgenoot. Hij had er echt lol in om Cor erop te wijzen dat niemand hem mocht.

Cor stond op en liep naar voren. Het werd nog stiller. Cor kreeg zijn opstel in zijn handen geduwd. 'Een sprookje, meneer Huttenbach,' herhaalde Krijmborg snerpend. 'Dat niet in de Tweede Wereldoorlog speelt! Ga uw gang!'

Cor ging voor de klas staan.

En in de gapende leegte die was ontstaan, las hij: 'Er was eens een kabouter die met zijn tank over de paddenstoel van een andere kabouter reed...'

Een golf van gelach ging door het lokaal. Verrast keek Cor op. Maar ook Krijmborg leek in verwarring, dat iedereen zich plotseling vrolijk maakte om een grap die niet van hem kwam. Cor las verder.

'Zo begon de grote kabouteroorlog. Kabouter Stengun pakte zijn stengun, kabouter Granaat pakte zijn granaat en kabouter Landmijn pakte zijn koffers...'

Krijmborg werd nu langzaam rood. Volgens mij voelde hij donders goed dat er een soort van symphatie ontstond voor Cor.

Toen was het opstel uit, en ik wist dat dit het ogenblik was dat Krijmborg hem kon afmaken.

Ik begon te klappen. Heel hard. Ik schrok er zelf van, eerlijk gezegd. Maar het kwam door die blouse en door dat voornemen. Ik was een ander iemand, en ik wilde ook de wereld veranderen. Ik wilde dat de wereld anders was dan hij tot nog toe was geweest. Verbaasd keek iedereen in m'n richting.

'Goed verhaal, Corrie!' riep ik.

Een paar meiden begonnen mee te klappen. Daarna een paar jongens. En daarna de hele klas. Krijmborg keek verwonderd rond. Cor liep naar zijn plaats, een glimlachje stond op z'n gezicht.

Dat glimlachje, dat was *mijn* triomf.

11

Ook de rest van de dag was goed. In de pauze stond ik bij het groepje van Suzan. De Trendy's. Sinds een paar weken was ik toegelaten. Het was bijna een examen geweest.

'Dit is Liesbeth,' had Suzan gezegd.

Alsof ze me nog nooit hadden gezien.

Wat waarschijnlijk ook zo was.

Daarna had Suzan verteld dat we samen huiswerk maakten, en vervolgens hadden ze verbaasd naar mijn kleren gekeken. Ik glimlachte maar wat. Ik probeerde niet om bijdehand te doen of zoiets. Eerlijk gezegd kon het me op dat moment nog niet zo heel veel schelen. Ik bedoel, dat Suzan naar me was toegekomen, dat was belangrijk geweest. Dat ik met haar kleren ging kopen was zelfs geweldig. Maar zo'n groepje vond ik nogal verachtelijk. Ik had het gevoel dat ik daarmee aan allerlei dingen moest voldoen. Ik had die groepjes bovendien altijd van een afstand bekeken en ik had me regelmatig aan ze geërgerd.

Dus had ik eerst alleen maar staan luisteren naar wat ze zeiden. En toen bleek dat ze *leuk* waren soms. Dat ik best kon lachen om hun grappen of om de opmerkingen die ze maakten. Ik merkte dat ik het een prettig idee vond om erbij te horen.

Blijkbaar was ik daarmee min of meer geslaagd. Want nu had ik toch wel m'n plaats tussen die meiden, die allemaal langer waren dan ik, zodat ik voortdurend een beetje omhoog moest kijken. Ik stond zo rechtop als ik kon.

'Mooie blouse,' zei Evelien, de langste van het stel, en dat maakte me even behoorlijk gelukkig. Daarna ging het gesprek over *Temptation Island*. Een tv-programma. Ik kon er niet veel over zeggen, want bij mij thuis keken we selectief. Wat betekende dat Tim en ik van tevoren moesten aankondigen wat we wilden bekijken. Wat dan werd toegestaan, of niet. Alle vier die meiden vroegen zich nu hardop af met welke leraar ze op dat eiland wilden zitten. Sommige leraren waren stukken, dat leerde ik al snel. Een bepaalde gymleraar was echt *hot* zelfs. Twee meiden waren verliefd op hem, bedoel ik, allebei zouden ze linea recta met hem naar dat eiland zijn gevlogen, als dat had gekund. Meneer De Wilde. Jochem.

Jochem wist het wel, hij wist best dat die meiden hem graag zagen.

'Hoi meiden!'

Daar kwam hij langs marcheren, in z'n trainingsbroek, met z'n golvende blonde haar.

'Dág meneer De Wilde!'

'Jochem! Hoe vaak moet ik dat nog zeggen?'

Hij lachte, een soort van tandpastaglimlach. Evelien en Joyce zwijmelden.

'Hebt u een vriendin?' riep Evelien.

'Gehad!' riep Jochem terug. 'Ik ben nu weer vrij!'

Evelien en Joyce floten, hij liep door, met die stevige, zelfverzekerde stap. Gymleraren hebben altijd een zelfverzekerde stap.

'Ik word warm van Jochem,' zei Evelien.

Ze slaakten gilletjes. Hoorde ik erbij? Niet helemaal, dat had je al geraden waarschijnlijk. Ik mocht dan meedoen, ik mocht erbij staan; maar ik was zeker nog niet populair.

Ik had me nu voorgenomen om dat te worden. Het was wel gek; nu ik dan toegelaten was wilde ik dolgraag hier blijven, op deze plek. Ik had zelfs het gevoel dat het van levensbelang was dat ik mocht blijven. Zo makkelijk kun je dus veranderen. Er hoeft maar iemand 'mooie blouse' tegen je te zeggen, en je wilt alleen maar *meer*.

Er zijn een paar manieren om populair te worden. De makkelijkste manier is het kopen van de juiste spullen.

Want dat had ik inmiddels wel in de gaten: het interesseert niemand iets of je de verhalen van Tsjechov hebt gelezen. Niemand wil van je horen dat je stukken van Bartók kunt herkennen. Die dingen horen bij 'het kleine leven'.

Maar er is een ander leven, en daar had ik een uitzicht op gekregen. Het leven van nieuwe dingen. Ik kon er niet meer omheen.

Wat ik bedoel is dit: als je met een nieuwe scooter het schoolplein opgereden komt, pas dan ben je een bink of een stuk. Als je een iPod hebt met vijfduizend nummers, als je een mobieltje meesjouwt dat ook kan filmen, als je laarzen draagt van Prada of een jas van

Converse, pas dán tel je mee.

Ik had dat met name gezien aan de Kakkers, die het meeste wel konden kopen. Dié konden grinniken als ze de klas werden uitgestuurd. Die konden rustig hooghartig kijken als ze door een eenling werden aan-aangesproken. Die leken vanzelfsprekend te horen bij *het grote leven*.

Ik zeg niet dat ik het leuk vond.

Maar zo werkte blijkbaar de wereld.

Ik had die spullen dus niet. Ik had een paar nieuwe kleren van onbekende merken, en dat was alles. En ik wist dat het eindeloos zou duren voordat ik ooit alle juiste spullen zou hebben. Sommige dingen – zo'n scooter bijvoorbeeld – zou ik waarschijnlijk zelfs nooit krijgen. Mijn ouders zouden het belachelijk vinden. Overdreven. Vulgair.

En dus moest ik een andere manier vinden om erbij te horen.

Om geliefd te worden.

Die manier had ik nog niet gevonden. Daarom keek ik nu scherper om me heen dan ooit tevoren. Onderzoekend keek ik hoe al die andere leerlingen zich bewogen. Om zelf maar niet uit de toon te vallen. Omdat ik dacht dat ze misschien een soort van andere taal spraken, die ik me eigen moest maken. Dat was gedeeltelijk ook zo. Bepaalde woorden – zoals 'chillen' of 'vet' of 'super' – zou ik zelf nooit hebben gebruikt. Maar nu hoorde ik ze constant om me heen. En zo was het ook met hoe iedereen zich gedroeg. Ook dat was volkomen anders. Daarom is het dat ik, na mijn introductie bij de Trendy's, feiten begon op te slaan, niet alleen over die meiden, maar over iedereen op school.

Dit zijn wat dingen die ik die middag zag:

– Op het moment dat Jochem zo opgewekt had geroepen dat hij vrij man was, was er iets pijnlijks verschenen op dat stoere hoofd. Ik had dat opgevangen (zoals ik ook altijd de kleine verschillen in stemming bij ons thuis opving) en ik had begrepen dat Jochem eigenlijk nog ongelukkig was over de vriendin die hij blijkbaar kortgeleden had verloren.

– Iets verderop stonden twee Kakkers tegen elkaar te schreeuwen (want praten deden ze maar zelden). 'Jij bent gewoon een slijmerd!' riep ene Raoul tegen die Egbert. 'Dat komt natuurlijk door al die potten mayonaise! Jij komt uit een familie van professionele slijmballen!'
'Ach jongen!' riep Egbert terug. 'Jij bent gemaakt toen je vader weer eens te veel gezopen had!'
Raoul en Egbert kwamen dus waarschijnlijk bij elkaar over de vloer. De vader van Raoul dronk te veel. De vader van Egbert had iets te maken met mayonaise.

– Bijna tegelijkertijd ving ik een gesprek op van twee meisjes in mijn buurt:
'Ik bén niet saai!' zei een van die meisjes lijzig. 'Ik wil dierenarts worden! Want dieren, nou, die begrijp ik gewoon. Die voel ik aan. Dieren zijn volgens mij re-

33

incarnaties. Volgens mij kan je ze begrijpen als je maar echt naar ze luistert. Dat is toch niet sa-haai?'

– Vlak daarna zei Joyce: 'Nou, ik vind dat er hier nog wel wat af kan... Vind jij dat ook, Suus? Hier, bij mijn heupen...'
'Ze zijn anders dunner dan die van mij,' zei Rachel (ook een meisje van ons groepje).

– Een dikkige Indiase jongen riep tegen twee vrienden: 'Gaan jullie maar vast naar het veld! Ik kom wel! Even een koek kopen!'
En hij slofte weg in de richting van de aula.

Het waren maar een paar van mijn waarnemingen. De overblijfruimte, wil ik maar zeggen, was een constante verkeersopstopping van inlichtingen. En ik was nu een undercoveragent. Een *stille*! Al die opmerkingen en gezichtsuitdrukkingen sloeg ik op, ik had daar m'n methoden voor, dat had ik al verteld; ik bouwde nieuwe kathedralen in mijn hoofd.
Jochem kwam teruggewandeld, hij had papieren gehaald bij de conciërge.
'Leuke blouse!' riep hij in het voorbijgaan.
Naar mij...
En plotseling, voor een ogenblik, hoorde ik er *wel* bij. Want even waren Joyce en Evelien jaloers, dat zag ik aan hun monden, die zich samentrokken. Suzan grinnikte.
'Onze Lies heeft sjans,' zei ze. 'Onze Lies wordt bekeken door de gymleraar. Wat vind je van 'm?'

Ik bloosde. Evelien gaf me een duw.

'Hij wíl je,' zei ze. 'Hij wil die blouse van je afstropen...'

En gillend begonnen we te lachen, ik ook.

'Noem me maar Libby,' zei ik toen. Dat had ik namelijk bedacht, thuis. Die meiden lieten zich Eef noemen, of Rach of Suus. En ik wilde geen Liesbeth meer zijn, of Lies – daarom dus Libby. Dat was de naam die ik had gekozen voor de persoon die langzaamaan naar buiten kroop.

'Lebby?' vroeg Suzan suffig.

'*Libby!*' herhaalde ik.

12

Die avond stond ik mezelf te beoordelen in de spiegel op mijn kamer. Ik probeerde te kijken zoals Evelien dat soms kon doen. Ik oefende haar blik, die koket was, en zelfbewust, en intussen vroeg ik me af wat Jochem van m'n borsten zou vinden.

Ik bekeek mezelf aandachtig, en dacht: waarom zou iemand je mogen?

Waarom, in godsnaam?

De enige reden die ik kon verzinnen was herkenning. Misschien is het wel zo, dacht ik, dat als je maar genoeg lijkt op een soort van middelmaat, dat iedereen dan iets in je herkent. En dat zal ook wel de reden zijn waarom mensen allemaal zo hun best doen om dezelfde dingen te zeggen, om dezelfde muziek te beluisteren en om dezelfde kleren te dragen.

Omdat ze mee willen doen.
Zoals ik dat nu ook wilde.
Iedereen wil meedoen, dacht ik.
Dat ging door me heen, en ik oefende de gebaren, de blikken en de maniertjes die ik die dag had opgevangen op school.
Later zaten we weer met z'n vieren te eten. Mijn vader was aanwezig, hij was niet ondergedompeld in een andere wereld.
Hij keek op, en kauwend zei hij: 'Het gaat goed. Met mijn *Cantate voor een Libel*, bedoel ik. Het gaat aardig goed, geloof ik.'
Mijn moeder slaakte een zucht van opluchting. Het leek alsof ze altijd angstig was dat het een keer niet zou lukken.
Nu keek hij naar mij. Alsof hij me sinds tijden weer eens tegenkwam. Ik keek terug.
'Jij bent anders,' zei hij.
'Hoezo?' vroeg ik.
'Je bent gegroeid,' zei hij.
'Gegroeid?' zei ik, toch een beetje voldaan. 'Sinds gisteren zeker.'
Mijn vader keek verbaasd. Ik geloof dat hij geen idee had waar gisteren gebleven was.
'En jij?' vroeg hij aan Tim.
'Wat dan?' vroeg Tim.
'Gaat het goed op school?'
'Prima,' zei Tim.
'Fijn,' zei mijn vader.
En dat was dus de aandacht die we kregen. Dat was

het gesprek over hoe het met ons, Tim en mij, ging. Ik bestudeerde m'n jongere broer. Hij had dezelfde donkere blik als mijn moeder en dezelfde ingehouden bewegingen. Hij zat op een andere school dan ik, dus weten deed ik het niet; maar ik bedacht me nu dat het waarschijnlijk was dat hij tot geen enkele groep behoorde. Ik had 'm wel eens horen telefoneren met een van zijn klasgenoten. Het enige wat hij toen besprak was een computerspelletje. Dáár kon hij lang, en met vuur, over praten. Waardoor er toch een soort van warmte in dat gesprek had gelegen. Verder was hij eigenlijk veel te serieus voor zo'n klein baasje.

13

Zo was ik aarzelend binnengestapt in een nieuwe wereld. Zo keek ik, na eeuwen van afzondering, om me heen. Niet langer van een afstand, maar van dichtbij. Maar als je ergens uit komt, ga je ook onmiddellijk ergens naar binnen. In mijn geval in een wereld die stiekem was. Die mijn ouders niet zouden begrijpen. Ik hoopte erg dat het een aanloop was naar *het grote leven*.
Ik leefde nu alleen nog voor dat nieuwe. Als ik thuis was keek ik uit naar school, naar de pauzes, waarin ik bij het groepje stond. Waarin ik kon praten en lachen. Praten en lachen kunnen verslavingen worden. Je kunt kletsen zonder iets los te laten. En het is echt prettig soms. Je kunt je erin onderdompelen, je kunt even al-

les vergeten waarover je je zorgen maakt. Ik denk tenminste dat de meeste mensen dat kunnen, want ik kon dat ook weer niet *helemaal*. Iets in me bleef op z'n hoede. Ik bleef daarom mijn gegevens opslaan, ik onthield alle zwevende stukjes informatie die ik te pakken kon krijgen. Dat was een sport geworden, in ieder geval iets waar ik koortsachtig mee bezig was.

Werd die Indiase jongen afgehaald door zijn moeder? Ik zag hoe ze met elkaar omgingen, en ik luisterde naar wat ze zeiden. Hoorde ik twee leraren praten over de verbouwing van de overblijfruimte? Ik maakte een notitie in mijn hoofd. Hoorde ik een jongen iets opmerken over zijn oom die de hele tijd langskwam? Ik vergat het niet.

Honderden stukjes, en allemaal leken het delen te zijn van de reusachtige legpuzzel die mijn nieuwe leven moest worden. Ik *moest* erin passen, in die puzzel. Ik moest een stukje worden dat erbij hoorde. Het leek me mijn enige kans op ontsnapping.

En dus keek ik rond, zo nieuwsgierig als een vreemdeling, en vielen me dingen op die verder iedereen ontgingen. De kale gangen van de school waren voor mij niet langer de gewone verbindingswegen binnen een gebouw, maar trechters – trechters waarin de gevoelens en de gedachten van leerlingen en leraren door elkaar werden gehusseld. Daar hoorde ik een gesprekje tussen twee Hiphoppers die zich afvroegen of ze niet een cd konden gaan maken. Iets verderop ving ik een paar zinnen op van een jongen die beweerde dat hij later uitvinder wilde worden, dat hij zelfs al bezig was, maar dat hij de hele tijd gestoord werd door alles wat er moest voor school. En direct daarna hoorde ik Jochem-de-gymleraar praten tegen Lammers-de-biologieleraar.

'Weet je,' zei Jochem, 'vrouwen zien je nooit zoals je bent. Je hoeft maar één lullig klein foutje te maken of ze zijn weg, terug naar Iran of weet ik veel wat.'

'Ja jongen,' zei Lammers. 'Alles vergeven doet toch alleen je moeder.'

'O ja,' zei Jochem. 'Jouw moeder... Nog gecondoleerd.'

'Dank je,' zei Lammers.

'Vrouwen,' zei Jochem. 'Je kunt niet met ze en niet zonder ze.'

'Soms is het net alsof ze er nog is,' zei Lammers. 'Vooral 's ochtends vroeg. Dat is heel gek.'

'Vis genoeg in de zee, hoor!' zei Jochem. 'Daar niet van.'

'Het is dan net alsof ze me iets wil vertellen,' zei Lammers.

Op dat moment kregen ze in de gaten dat ik in hun buurt in mijn agenda stond te bladeren, en ze wandelden weg.

'Mijn moeder,' zei Evelien diezelfde middag, 'kruipt met een vergrootglas over de vloer. Doodsbenauwd dat er ergens nog een kruimeltje ligt. Zo zit dat mens in elkaar. Laatst wilde ze zelfs-'

'Mijn moeder heeft volgens mij m'n dagboeken ontdekt!' riep Rachel. 'Die lagen opeens anders.'

'Hou jij ook een dagboek bij?' vroeg Joyce. 'Ik doe dat al jaren... Hou jij ook een dagboek bij, Suus?'

39

Ze luisterden niet naar elkaar. Je moet er maar eens op letten. Veel mensen kunnen eigenlijk alleen maar praten over zichzelf. Veel mensen, had ik nu wel door, hebben hun handen vol aan hun eigen leven. En daarom kan er nog maar weinig bij van anderen.

We keken intussen weer naar de langskomende jongens, en we gaven ze cijfers.

'Een zes min. Op z'n hoogst.'

'Jezus, een gothic. Een echte! Die heeft een cursus gevolgd: hoe maak ik me lelijk.'

'Hallo! Daar komt een acht! Een dikke acht!'

'Vind je? Die schoenen! Dat kan toch niet?'

'Kijk even naar wat dáár langskomt! Een *spencer*! Dat lijkt Charlie Brown wel! Die heeft z'n moeder voor 'm gekocht!'

Het was vaste prik, dit soort opmerkingen, daarom waren we de Trendy's. Het hoorde erbij. En het was venijnig, dat begreep ik wel. Maar het deed me goed. Want als je zo oordeelt voortdurend, dan lijkt het alsof je overal boven staat. Even is het net alsof je onaantastbaar bent. Alsof je de waarheid in pacht hebt. Dat was natuurlijk niet zo. Geen van die meiden had, om maar iets te noemen, veel gedaan met jongens.

Nou ja, ze wisten er wel wát van, dat wel. Ze wisten zeker meer dan ik.

Evelien had, van ons groepje, de meeste ervaring. Ze had gerommeld met die Raoul, bij de kapstokken, tijdens een schoolfeest.

'Kijk, daar staat Raoul,' kon ze soms zeggen. 'Het is een ongelofelijk rund. Maar godskolere, het is wél een lekker ding.'

We begonnen dan gillend te lachen. Dat gegil was een geluid dat ik me eigen had gemaakt. Helemaal natuurlijk ging het misschien nog niet, maar dat merkte niemand. Als mensen je niet goed kennen weten ze echt niet dat je soms staat te acteren.

Toch waren er nog steeds verschillen die wél in het oog liepen; verschillen bedoel ik, die ik makkelijk genoeg kon overbruggen. Zo droeg ik nog steeds geen make-up en geen sieraden.

Daar moest ik iets aan doen.

14

Opnieuw liep ik met Suzan door het winkelcentrum. Ik kocht oogschaduw, een oogpotlood, een lippenstift. Wat later vond ik een paar goedkope rode oorbellen, met klemmetjes (want gaatjes had ik niet). En daarna kocht ik ook nog een blocnote, hardroze, met Bugs Bunny op elk vel. Zo kitscherig en dom als maar kon; maar ik had zin om nog iets onverantwoords mee te nemen, iets meisjesachtigs, want kopen is ook een verslaving – als je er eenmaal aan begint is het moeilijk om er weer mee op te houden.

'Kom op,' zei Suzan. 'Bij mij thuis uitproberen. Effe bellen dat we eraan komen.'

Die oorbellen, nam ik me toen voor, zou ik aanhouden. Die zou ik aan mijn moeder laten zien. Ze droeg zelf ook sieraden, en ook make-up, zij het maar heel weinig. Ik moest 't haar laten zien. Ik moest haar laten merken dat ik daaraan toe was. Jezus, dat moest

zo langzamerhand toch eens kunnen?
Was ik dan *zo* bang...?
Ja, dat was ik.
Want er heersten regels bij ons, vele regels, om de wereld niet te laten merken dat we bestonden. Dat we ook nog zoiets als een lichaam hadden. Niet stampen. Niet vloeken. Niet te hard praten. Je moet *stil* zijn, je vader werkt. Alleen uit stilte kan muziek groeien. En gebruik je hersens. Je hebt ze, daar mag je dankbaar voor zijn. Je bent slimmer dan de meeste mensen. Haal dus goeie cijfers, dan heb je later wat te kiezen. Maar doe dat onopvallend. Je moet mensen nooit laten merken dat je ze de loef kunt afsteken. Dat zorgt maar voor jaloezie. Bemoei je dus niet te veel met anderen. Het gaat om de geest, meisje. Om de binnenkant. Niet om de buitenkant. Maar om wat er leeft in je binnenste. Dát is belangrijk. De rest is maar schijn. Kleren zijn niet belangrijk. Het huis is ook niet erg belangrijk. Dat is een soort bescherming, meer niet. Niet iets om mee te pronken. Daarom is alles in pasteltinten. Aan de muren hangen wel wat dingen, maar zelfs die benadrukken de rust. Dat? Dat is een ets van een balletdanseres...

Mijn moeder was danseres geweest. We mochten het er nooit over hebben, ze wilde er niks over kwijt. Dat maakte haar somber. Maar we wisten het natuurlijk wel. Ik had er foto's van gezien. Ooit moest ze constant bezig zijn geweest met haar lichaam. Met rek- en strekoefeningen, met haar houding. Met ritme, met schoonheid. Met de buitenkant.

Toen had ze mijn vader ontmoet. Toen was het afgelopen geweest met dansen. Het was alsof mijn ouders zich sindsdien hadden afgesloten. Afgesloten van de grote, drukke wereld.

Wanneer waren ze zo geworden? En *waarom*?

Ze vertelden er nooit iets over, maar ergens op een kast stond een portret van hen samen. Lachend keken ze de camera aan. Vrolijk. Jonger. Toen konden ze blijkbaar lachen...

In diezelfde kast lagen een paar albums, ik had ze doorgebladerd. Verkleurende foto's. Mijn vader achter een piano, omringd door zingende medestudenten, met glazen bier. Mijn moeder aan een lange tafel, te midden van een uitgelaten gezelschap. Wat later kwam ik, en daarna Tim.

Daarna werden er haast nooit meer foto's gemaakt. Daarna was het alsof m'n ouders zich hadden teruggetrokken achter het decor...

Ik werd in m'n zij gepord.

'Komt er een dominee langs?' riep Suzan, terwijl ze haar mobieltje wegborg. 'Je bent zo stil!'

Ik grinnikte. Ik was haar dankbaar. Ze had me opgegraven. En dat deed ze telkens weer.

15

Haar moeder zat naar *Onderweg naar Morgen* te kijken toen we binnenkwamen.

'Meid!' riep ze. 'Ik vind 't toch zó leuk dat je met m'n dochter optrekt! Komen jullie d'r bij zitten?'

'Effe niet, ma!' riep Suzan. 'Misschien straks.'

43

We liepen naar boven.

Eenmaal op haar kamer zei Suzan: 'Smeer het er maar niet te dik op, Libby, want 't moet er toch weer af zo dadelijk.'

Ze had dus door uit wat voor huis ik kwam! Dat verontrustte me. Ondanks mezelf moest ik waarschijnlijk een paar opmerkingen hebben gemaakt. 'Dat zou bij mij in huis nooit kunnen!' Of: 'Jezus, daar zou ik thuis mee moeten aankomen...'

Dat, dacht ik, is dus het gevaarlijke van praten. Je kunt er dingen uitflappen die je voor je had willen houden...

Even meende ik toen dat ook ik in de gaten werd gehouden, zoals ik dat tegenwoordig bij anderen deed. Even brak het zweet me uit. Want ook hier was ik bang, dat viel me nu pas op. Ik was eigenlijk zo bang dat anderen me konden zien.

Anderen hebben dat misschien ook, dacht ik toen. Daarom dragen ze merkkleren. Daarom dragen ze make-up. Daarom dragen ze sieraden en zorgen ze dat ze zich net zo gedragen als iedereen binnen hun groepje. Om zichzelf te *verbergen*...

We probeerden mijn aankopen uit. Mijn volgende stap omhoog. Mijn volgende stap waarmee ik me beter zou kunnen verbergen. Dat was een rare gedachte: blijkbaar moest je iets van jezelf verbergen om je te kunnen vertonen.

Suzan wist precies hoe ze die spullen kon gebruiken. Daarna stond er opeens iemand voor de spiegel die ik nog nooit had ontmoet.

'Tutje!' riep Suzan. 'Straks ben je nog mooier dan
Suzan! Dan kan ik het schudden met Jochem.'
'Ben jij ook al met Jochem bezig?' mompelde ik
verbaasd.
Ik kon er niet over uit. Een lijntje onder je ogen, je
lippen wat roder. Het was onvoorstelbaar wat dat met
je deed. Ik leek op een meisje uit een tijdschrift.

16

Ik fietste naar huis. De lippenstift had ik afgeveegd.
De oogschaduw verwijderd met watten en crème.
Maar het zwarte lijntje had ik laten zitten. En de oorbellen had ik aangelaten.
Het moest er nu van komen. Ik moest in opstand
komen. Een grijze muis zou ik nog lang genoeg kunnen zijn, later. Nu was ik jong.
De term 'grijze muis' was trouwens van Suzan. Ik
zag mezelf niet zo, want mijn gedachten waren helemaal niet grijs. Vaak genoeg had ik het gevoel dat er
vreemdere dingen in me omgingen dan in de meeste mensen. Dat bleek ook uit veel gesprekken die ik
intussen had afgeluisterd. Al die jongetjes die constant over voetbal praatten, of over dezelfde tv-programma's, of over hun iPod... Een enkele keer ving ik
dan een opmerking op die over iets anders ging. Die
onder dat gezwets lag verborgen, zoals boomwortels
verborgen liggen in de grond. Een opmerking, bedoel
ik, die iets *verraadde*. Sommige mensen moesten dus
toch ook gedachten hebben die anders waren...

45

Maar mensen die weinig fantasie hebben, kunnen meestal niet bevatten dat er meer omgaat in andere mensen. En daarom had Suzan de uitdrukking 'grijze muis' gebruikt. Ik begreep wat ze had bedoeld. En ze had ergens ook gelijk gehad. Het leven, de buitenkant van het leven, mocht kleuriger. Uitbundiger. Daar zou ik voor strijden.

Met al die gedachten kwam ik ons huis binnen. Mijn hart bonsde in m'n keel. Ik merkte meteen dat er iets was veranderd. Ik merkte het voordat ik had rondgekeken. Er klopte iets niet... Toen viel me op dat er een kastje omver lag. Het lag in de voorkamer, op z'n zij, en ernaast lag een vaasje, waar een paar scherven af waren gesprongen.

Ik zette het kastje op zijn poten. Ik raapte het vaasje op.

Ik liep naar de keuken, en daar zag ik de rug van mijn vader. Hij stond uit te kijken over de achtertuinen. Om precies te zijn, hij staarde naar de tuin naast de onze – de tuin van de familie Goldschmeding. En dan met name naar de schuur achterin.

Ik kwam naast hem staan, en schrok toen ik zijn gezicht zag. Zijn mond was verwrongen en zijn ogen waren opengesperd. Het flitste door me heen dat hij die middag mijn moeder had vermoord. Ik herinner me zelfs dat dit me eigenlijk niet echt verbaasde. Iemand die weerloze kastjes onderuittrapt, dacht ik, is misschien ook in staat om dat met mensen te doen.

Bovendien had hij ons vroeger geslagen. Heel dramatisch was dat niet geweest, maar we hadden allebei dus wel eens een lel gehad. Omdat we achter elkaar aan renden. Omdat we mijn moeder niet hielpen. Omdat het niet lukte met mijn vaders nieuwe compositie.

Eigenlijk was het altijd dat laatste.

'Waar is mam?'

Hij zei niks terug.

Ik hoorde toen waarnaar hij stond te luisteren. Een donker gerommel. Het gebons van drums en het doffe, ritmische beuken van een basgitaar; geluiden die je voelt in je maag.

'Een band,' zei ik.

Het gezicht van mijn vader verwrong nog wat verder.

'De buurjongen,' zei hij.

En ik hoorde die moord in de klank van zijn stem.

'Heeft die dan een band?' vroeg ik.

'Ik bedoel,' zei ik, mezelf bijsturend, 'ze houden toch wel weer eens op?'

Mijn vader keek me aan. Ik dacht dat hij mijn oorbellen nu zou opmerken. Maar hij zag niks.

'Lies,' zei hij stotterend. 'Dit kan het einde betekenen van alles... Ik heb geen geld om te verhuizen... Als dit niet stopt...'

'Moet ik gaan vragen of het zachter kan?' vroeg ik.

'Zou je dat willen doen?' vroeg hij.

'Mam had dat toch ook kunnen doen?' vroeg ik.

'Wij kunnen hier niet tegenop,' zei hij.

Dat was waar. Ik wist dat dat waar was. Mijn vader zou wel naar die schuur kunnen lopen, maar hij zou overdonderd zijn door de grofheid van de muziek.

Het zou het einde van de wereld voor hem zijn. Hij zou flauwvallen of iets dergelijks. Hij had al een keer een attaque gehad. Ik had hem in het ziekenhuis bezocht, daar lag hij op een bed te midden van plastic slangen en lichtjes. In onze straat werd toen iets gerepareerd. Het geluid van de drilboren, pal voor ons huis, was hem te veel geworden.

En mijn moeder kon er ook niet tegenop. Zij zou alleen maar woedend staan *kijken*. Ik liep naar buiten. Achter de tuinen stonden de hoge, wiegende dennen, waar het altijd rook naar hars. Ik hield van die plek, ik had er vroeger vaak in de zomer gezeten. De tijd was op zulke momenten heel langzaam gegaan. Want de tijd gaat stapvoets als je niet gelukkig bent. Als je gelukkig bent vliegen de dagen voorbij, maar als je triest bent duurt elke seconde lang. Ik herinnerde me nu dat ik soms *dacht* dat ik daar uren had gezeten. En achteraf was het dan maar een kwartiertje geweest of zo. Blijkbaar kun je gedeprimeerd zijn zonder het zelf door te hebben. Omdat je denkt dat het normaal is om zo te zijn.

Toch was die plek me dierbaar geworden, omdat het *mijn* plek was geweest.

Nu viel die geur me niet op. Die muziek nam alles in beslag. Even stond ik te luisteren, en eerlijk gezegd vond ik het opwindend. Het was alsof er een hardrockconcert werd gegeven. En de stem van die buurjongen schreeuwde erbovenuit. Soms behoorlijk vals, maar, jezus, wat moest het heerlijk zijn als je zo tekeer durfde te gaan...

Ik liep onder de bomen door en klopte aan. De muziek stroomde hamerend verder. Ik klopte nog een keer. Ik opende de deur.

Er stond een bed, er hingen wat posters. Een kokosmat lag op de vloer. En vier jongens stonden en zaten onder een neonlamp te spelen, tussen de meubels. Ze keken op toen ze me in de gaten kregen. De muziek viel plotseling stil. Zo van dichtbij was dat prettig; het was behoorlijk adembenemend hoeveel herrie vier van die jochies konden maken.

'Hoi,' zei ik.

'Hoi,' zei de buurjongen. 'Dit is Liesbeth. M'n buurmeisje.'

'Leuk buurmeisje,' zei de drummer. 'Wil je onze groupie worden?'

Ik lachte. Zo'n lachje als ik had opgepikt op school, en had geoefend voor de spiegel.

'Ik heet Libby,' zei ik. 'En ik vind jullie best goed. Maar mijn vader kan er niet tegen.'

'*Hoe* heet je?' vroeg de buurjongen.

'Libby.'

'En waar kan je vader niet tegen?'

'Je weet best waar niet tegen,' zei ik.

Hij sloeg zijn ogen neer. Hij had lange wimpers, onder een bos krulhaar. Hij was wat ouder dan ik.

'We zullen alles zachter zetten,' zei hij.

'Graag,' zei ik.

Ik draaide me om en wilde weglopen.

'Lies... eh... Libby?'

Ik draaide me weer naar hem toe.

'Ik heet Thijs.'

Hij glimlachte spottend.

'Dat wist ik allang,' riep ik terug.

En ik was weer buiten.

Mijn vader stond nog in precies dezelfde houding voor het raam. Ik liep door de achtertuin en zag hem daar staan. Het was op dat ogenblik net een vreemde. Niet mijn dromerige vader, maar een bleke onbekende met een vollemaansgezicht, in een donker schilderij.

17

's Ochtends vroeg kwam ik hem weer tegen. Thijs. Net toen ik met mijn fiets de straat op kwam, kwam hij ook tevoorschijn, ook met een fiets. Hij zag er slaperig uit, een nogal vage, groezelige figuur in een merkloze witte jas met een bontkraag.

Hij had wel mooie handen, zag ik.

Nu stonden we samen voor onze voortuin. Raar. Al jaren woonden we naast elkaar, en ik had tot gisteravond niet eens kunnen zeggen hoe hij heette. Natuurlijk had ik hem door hun tuin zien lopen, maar ik had me daar niks bij afgevraagd. Blijkbaar had het me niets geïnteresseerd wie er allemaal leefden in mijn omgeving.

Thijs gaapte zonder zijn hand voor zijn mond te houden.

'Jij,' zei hij, 'jij hebt een mooie, melancholische moeder.'

Op dat moment kwam mijn moeder aansjouwen met een vuilniszak, naar de plek waar we stonden. En het was toen dat ik haar hoorde lachen.

Thijs knikte haar toe, weer met iets spottends. Mijn moeder zette de vuilniszak neer en stapte terug naar binnen.

Evelien had nu precies geweten wat ze moest doen, maar zover was ik nog lang niet.

'Ik vond jullie muziek best leuk,' zei ik maar weer.

'*Leuk*,' zei Thijs. 'Een avondje uit is leuk. Het is trouwens *mijn* muziek. We spelen mijn nummers.'

Hij praatte als mijn vader. Het voelde daardoor opnieuw alsof ik verraad pleegde. Die blouse was ook verraad geweest, en die oorbellen, maar dit was erger. Dit was rechtstreeks heulen met de vijand.

'Die schuur is mijn kamer,' zei Thijs. 'Als je wilt, kom een keer luisteren.'

Ik haalde mijn schouders op.

'We zien wel,' zei ik.

En ik trok mezelf los van die lange, smalle handen, waar ik bijna voortdurend naar had staan staren.

18

Drie dagen later klonk het doffe geraas opnieuw door de buurt. Als een vliegende cirkelzaag scheurde het boven de heggen en de grasvelden. Ditmaal kieperde mijn vader geen kastjes om, ditmaal vertoonde hij zijn normale gedrag: snikkend liep hij naar buiten, zonder jas.

Mijn moeder beende zenuwachtig door huis. Totdat ze opdook in m'n kamer, waar ik probeerde te werken. Ik hoopte maar dat ze niet de oorbellen zou zien, die op de vensterbank lagen te glanzen. Misschien ook had ik ze daar neergelegd, juist omdat ik nog steeds wilde dat ze ze zou zien. Dat zou kunnen.

'Jij moet met die Thijs gaan praten,' zei ze, en ze rekte zich uit op een balletmanier, waarbij haar gewrichten kraakten. Dat deed ze als ze zich niet lekker voelde.

'Jij kunt toch met zijn ouders gaan praten?' zei ik. Mijn moeder schudde korzelig haar hoofd. 'Nee,' zei ze. Ik begreep niet waarom dat niet kon, want mijn moeder zorgde er meestal voor dat alles kon. Ooit hadden we een lekke band gehad, met de auto. We waren ergens naar onderweg geweest, toen de auto plotseling hobbelde. Mijn moeder stapte uit en verwisselde, liggend op haar knieën op de stenen stoeptegels, die band. Mijn vader liep intussen rondjes in de buurt.

Mijn moeder, wil ik maar zeggen, pakte de zaken meestal eigenhandig aan.

Maar nu dus niet.

Even dacht ik toen dat ze de oorbellen ontdekte. Ik zag haar kijken. En even dacht ik er zelfs weer over om iets te zeggen.

'Jij bent de enige die hier wat aan kan doen,' zei ze, en ze draaide zich naar me toe. 'Omdat jij die Thijs dus schijnt te kennen. Je moet gaan zeggen dat dit niet langer gaat zo.'

Ze dwong me op te staan. Mijn moeder kon je dwingen zonder dat ze werkelijk iets *deed*. Het moment was weer voorbij.

Ik liep opnieuw naar de schuur. Ernaast stonden twee jongens met een beker thee.

'Hé Libby!' zei de drummer.

Ook Thijs verscheen.

'Wil je ook thee?' vroeg hij.

'Ik kom zeggen dat mijn vader gek wordt,' zei ik. 'Van jullie.'

De drummer grinnikte, maar Thijs keek bedenkelijk.

'Jouw vader maakt muziek,' zei hij. 'En wij storen hem.'

'Precies.'

'Ik maak ook muziek,' zei hij toen.

'Ja,' zei ik. 'En de hele buurt kan meegenieten.'

'We oefenen een paar middagen per week,' zei Thijs. 'Twee middagen. Totdat we een andere oefenruimte hebben.'

'Mijn vader is weggelopen,' zei ik, 'om die muziek van jou.'

'Als hij is weggelopen heeft hij er toch geen last meer van,' zei Thijs.

'Dat is niet grappig,' zei ik. 'Mijn vader kan overspannen worden door jou.'

'Twee middagen,' zei Thijs. 'Meer niet.'

'Ik zal 't 'm zeggen,' zei ik.

En ik zag meteen voor me hoe mijn vader zou reageren.

19

Hij stampvoette. Hij riep dat hij de politie zou inschakelen. Hij zonk neer op de bank. Daar zat hij met zijn hoofd in zijn handen.

'Pro*le*ten!' mompelde hij. '*Kloot*jesvolk! Omhooggevallen *ga*jes!'

'Misschien als je met zijn ouders gaat praten...' hoorde ik mezelf zeggen.

Hij knikte.

'Het zal wel moeten,' zei hij op een toon alsof hij net ter dood veroordeeld was.

Hij stond op, verdween. Drie minuten later was hij terug. Mijn moeder en ik, we keken hem aan.

'Fas*ci*sten...' hoorden we hem sissen.

Hij stapte weg, naar zijn geïsoleerde kamer. De deur ging dicht met een klap waar de ruiten van schudden.

Daarna ging het steeds beroerder in ons huis. Mijn vaders ronde gezicht, dat vroeger nog wel vredig kon zijn, en rozig, als een soort van grote baby, dat gezicht werd grauw. Zijn wangzakken begonnen te hangen en hij kreeg kringen onder zijn ogen. Hij neuriede niet meer tijdens het eten. Soms keek hij schichtig om zich heen, alsof hij kon worden overvallen.

Hij belde toen ook werkelijk de politie. Al tijdens de vierde keer dat Thijs oefende kwamen er agenten, mijn vader zag ze komen. Achter die schuur stopte een politieauto. Twee uniformen stapten uit, mijn vader wreef zich in de handen. De band raasde onverminderd door, ze werden op heterdaad betrapt.

De agenten gingen naar binnen. Het geluid viel

weg, opeens hoorde je de koolmezen en de merels weer.

Tien minuten later vertrokken de agenten. Ze lachten. Grinnikend liepen ze naar buiten, en mijn vaders gezicht verstarde.

Nauwelijks was hun auto vertrokken, of het geraas begon opnieuw. Mijn vader belde voor de tweede keer.

'Hoezo rechten?!' hoorde ik hem roepen. 'Wij worden knettergek hier!'

Kort daarna smeet hij de hoorn neer.

20

Ik kocht een zilverkleurig topje.

Ik maakte toen allang geen plannen meer om met mijn moeder te praten over make-up of over sieraden. Die dingen waren te riskant geworden, het waren zaken die te maken hadden met de invasie van de nieuwe vijand. We gingen voornamelijk onze eigen gang. Ook Tim zat steeds vaker opgesloten op zijn kamer. Eigenlijk leefden we dus alle vier op ons eigen eiland. We hadden onze privé-terreinen, alleen tijdens het eten ontmoetten we elkaar.

Ik wist intussen wel hoe ik me op moest maken. Iedere morgen deed ik dat, op een bank voor dat park, met behulp van een spiegeltje. Ik heb het zelfs een keer gedaan terwijl het regende. Iedere avond ging het er weer af, bij datzelfde park, voordat ik thuiskwam.

Verder bracht ik zoveel mogelijk tijd door met Suzan. Nu liepen we voor de zoveelste maal door het winkelcentrum. Ik zag het topje hangen in een etalage en werd erdoor aangetrokken. Ik paste het, eerst giechelend, maar daarna viel ik stil. Want mijn gegiechel ging over in bewondering voor mezelf. Duur was het ook al niet. Maar het bleef niettemin een waanzinnige en totaal verboden aankoop. Een kledingstuk voor snollen. Voor meelopers.

Voor verraders.

'Gááf!' riep Suzan, achter mijn rug.

En ze had gelijk, het was gaaf. Ik was gaaf. Ik was mooier dan ik mezelf ooit had gezien. Ik liet het inpakken.

Niet veel later zaten we patat te eten in *Kroket van Ed* en daar, aan dat vettige tafeltje, in de frituurwalm, vertelde ik haar voor het eerst iets over mijn ouders. Dat was niet alleen omdat het nu zo slecht ging. Eigenlijk had het ook een andere reden.

'Ze zullen het niet goed vinden,' zei ik ten slotte.

'Het is gewoon een schoolfeest,' zei Suzan. 'Je bent vijftien!'

'Je kent mijn ouders niet,' zei ik.

'Nee,' zei ze, 'en dat vind ik behoorlijk achterlijk. Zijn ze echt zo erg?'

Tactisch was ze nou eenmaal niet. Meestal vond ik dat grappig, nu stoorde het me.

'Ze houden gewoon niet van dit soort dingen,' zei ik.

En dat was zacht uitgedrukt. Mijn ouders hielden niet alleen niet van duizend-en-één dingen die de meeste andere ouders normaal schenen te vinden, maar ze verwachtten ook van ons dat wij daar niet van hielden. Ze hadden wat dat betrof allebei hun wapens om ons eronder te houden. Over mijn vader heb ik je al het een en ander verteld, waarbij zijn mogelijke hartzwakte nog het belangrijkst was. Maar mijn moeder was, vreemd genoeg, het strengst. Zij sloeg niet – zij zou nooit een kastje omver hebben geschopt, om maar iets te noemen – en we hoefden ook niet bang te zijn voor haar gezondheid. Maar als zij nijdig was, kon ze je doodzwijgen. Daar was ze echt een ster in. Ze kon dwars door je heen kijken, waarmee ik niet bedoel dat ze wist wat er in je omging, maar dat ze gewoonweg niet opmerkte dat je er was. Dat kwam veel harder aan. Als je moeder je niet ziet, dan word je een pluisje in de storm, en je hoopt maar dat je ooit weer op de grond komt.

Ik had dit aan Tim gezien. Tim had op een middag wat geld uit mijn moeders jas gepakt. Niet veel, op z'n hoogst een tientje. Mijn moeder had dat meteen door. Even was ze nog in twijfel over wie de schuldige was, maar toen bleek hij in het bezit te zijn van een enorme zak caramels, en was haar conclusie getrokken.

Er werd niet met 'm gepraat. Hij kreeg z'n eten. Zijn kleren werden gewassen. Hij hoefde niet naar z'n kamer. Maar als hij een vraag stelde kreeg hij geen antwoord. Hij werd omgeven door een spinnenweb van afzondering.

Hij was dapper. Het tienjarige pluisje Tim streed een moedig gevecht. Drie dagen hield hij het vol. Toen kon hij er niet langer tegen, en kwam hij smekend naar m'n moeder, hij *kroop* bijna, 'Mam, het spijt me... Ik heb dat geld gepakt... Het spijt me ontzettend... Ik had dat niet moeten doen... Ik zal het terugbetalen...' En met ogen vol tranen keek hij omhoog.

Mijn moeder gaf hem een knikje.

En daarvoor was hij belachelijk dankbaar, hij gaf haar zelfs een kus op haar wang. Nogal onverwachts, want we raakten elkaar bijna nooit aan.

Mijn moeder verstijfde even onder die kus.

'Van wat voor dingen houden je ouders dan niet?' vroeg Suzan nu.

'Popmuziek,' zei ik. 'Topjes. Patat. *Onderweg naar Morgen.* Honden die room van de vloer likken. Overkomende vliegtuigen. Bob Marley. De buurjongen met zijn band. Het winkelcentrum. Kro-'

'Wacht even,' zei Suzan. 'De buurjongen met zijn band?'

Ik haalde mijn schouders op. Daarna vertelde ik het verhaal van Thijs, en van mijn vader, die ten slotte de politie had gebeld.

Suzan grinnikte.

'Thijs,' zei ze. 'Leuke naam.'

Ik geloof dat ik bloosde.

'Hoelang kennen wij elkaar nou?' vroeg Suzan. 'En nu vertel je me pas van die Thijs.'

'En van mijn ouders,' zei ik.

We waren even stil.

'En nou?' vroeg Suzan. 'Ga je niet naar het schoolfeest? Ga je alleen maar naar dat Anne Frankhuis?'

Ik schudde mijn hoofd.

Er zou een themadag komen op school, over de Twee-de Wereldoorlog. Kleine Cor kon zich in zijn handen wrijven, want eindelijk werden zijn werkstukken en opstellen niet alleen toegestaan, maar zelfs gewaardeerd, zolang hij maar liet uitkomen dat hij tegen oorlog was. Wat het mannetje nog moeite kostte.

Allemaal waren we inmiddels doorgezaagd over de jodenvervolging, over onderduikers en over verklikkers. En voor aankomende vrijdag waren er allerlei excursies georganiseerd, waarbij onze klas naar het Anne Frankhuis zou gaan. Daarna, als afsluiting, was er een 'Bevrijdingsfeest'.

Daar had ik nu dat topje voor gekocht.

Al had ik dan al tijdenlang lopen tobben over die avond. Want hoe moest ik mijn ouders verkopen dat ik naar een feest zou gaan?

Onder gewone omstandigheden was dat 'gewoon' moeilijk geweest. Ik was dan bijna volwassen, maar het zou toch zeer waarschijnlijk zijn dat ze zouden hebben geëist dat ik voor elven thuis was. Omdat ze er nou eenmaal geen idee van hadden dat een feest, zoals Suzan me had uitgelegd, pas rond die tijd begon.

Dat waren de obstakels als alles thuis normaal zou zijn geweest. Maar nu liep mijn vader rond als een gevangen tijger en was mijn moeder zwijgzamer dan ooit. Het zat er dus dik in dat ze kortaf zouden verklaren 'dat het later wel eens kwam'.

Daarom was ik tot de conclusie gekomen dat ik maar het beste helemaal niks kon zeggen. Ik zou gewoon wegblijven, had ik bedacht, en het daarop volgende weekend mijn straf ondergaan.

'Weet je wat?' zei Suzan opeens. 'Ik ga wel mee.'
'Mee?'
'Naar je ouders. Ik ga mee, en dan vraag je of je mag.
En dan zal ik zeggen dat de hele school daar naartoe
gaat.'
Dat was een sprankje licht in de duisternis. Als Su-
zan me zou steunen, dacht ik, zouden ze al veel moei-
lijker kunnen weigeren.
'Dat is wel fijn,' zei ik zacht.
Suzan gaf me een por tegen m'n schouder.
'Kom op!' riep ze opgewekt. 'Zo vreselijk zal het
heus niet zijn. De meeste ouders vinden mij aardig.'
Ik knikte weifelend. Misschien was ze té opgewekt.

Samen fietsten we naar mijn huis, en intussen lichtte
ik haar in dat mijn ouders niets wisten van die oorbellen, niets van die blouse, niets van die make-up-spul-
len en die cd's, en dat ik ze zeker niet kon vertellen dat
ik zojuist een zilverkleurig topje had gekocht.
'Jezusmina,' zei ze zo nu en dan.
Haar reactie maakte me nog zorgelijker. Ze leek
niet veel van mijn verhalen te hebben begrepen.
We zetten onze fietsen naast het huis.
'Chique buurt,' vond Suzan.
In de keuken troffen we mijn moeder, die asperges
zat te schillen, intussen lezend in een boek.
'Mam... dit is Suzan. Die vriendin van school met
wie ik soms huiswerk maak.'
Mijn moeder keek op van haar werk. Een beetje
wantrouwig, leek me. Toen droogde ze langzaam haar
vingers aan een theedoek.

'Dag,' zei ze, haar hand uitstekend.

'Dag mevrouw Skibner,' zei Suzan schuddend.

'Suzan hoe?' vroeg mijn moeder.

'Van Dijk,' zei Suzan. 'U woont hier leuk.'

Mijn moeder knikte.

'Lekkere grote tuin.'

Mijn moeder knikte weer, al minder merkbaar dan de eerste keer.

'Zal ik theezetten?' vroeg ik.

'Ik hoor je vader!' zei Suzan.

Inderdaad, zijn *Cantate voor een Libel* kringelde vanuit de diepte omhoog. Het klonk nerveus. We wisten zo langzamerhand wel hoe hij kon klinken als hij zich goed voelde. Het maakte niet zo erg uit wat hij speelde, iets snels of iets langzaams. Je kon er gewoon altijd doorheen horen hoe hij in z'n vel zat.

'Liesbeth,' zei mijn moeder. 'Jullie moeten rustig doen.'

Dat was bedoeld voor Suzan, die zoals gewoonlijk praatte op een volume dat een dode kon wekken uit zijn graf.

'Sorry hoor,' zei ze. 'Bij mij thuis schreeuwen ze je de oren van je kop. Als je daar niet hard genoeg praat, nou, dan hoort niemand je.'

Mijn moeder ging door met schillen.

'Ga zitten,' zei ik.

'Zo,' zei Suzan, die nu aan de eettafel zat. 'Is dat die schuur?'

Ik schrok. Ik dacht, in een paniekerig moment, dat het een vergissing was geweest om haar mee te nemen. Ze zou haar mond voorbijpraten. Ze zou dingen verklappen waar mijn ouders geen idee van hadden. Mijn moeder keek onderzoekend in haar richting.

'Heb ik van Lib... Liesbeth gehoord,' zei Suzan gauw. 'Die band en zo. Erg klo... naar voor u... en voor uw man.'

Het was alsof haar woorden afketsten. Haar woorden waren vreemde objecten, die door de keuken kaatsten als insecten in een jampot. Suzan merkte het zelf ook. Ze leek iets op te vangen van de sfeer in ons huis.

Ik maakte de thee en zette drie kopjes op tafel. Mijn moeder ving de hint op. Ze droogde voor de tweede maal haar handen af, ze kwam erbij zitten. Nogal onwennig, want we dronken haast nooit samen thee. Maar ze leek het ook wel te waarderen. Haar gezicht was iets zachter.

'Nou...' zei ze. 'Leuk dat ik jou eens zie.'

Suzan knikte.

'Ik was ook wel benieuwd zo langzamerhand,' zei ze.

Ze keken nu allebei naar mij, alsof het mijn schuld was dat ze nog nooit samen aan een tafel thee hadden zitten drinken.

'Mevrouw eh... Skibner?'

'Ja?'

'We hebben komende vrijdag een dag... op school.'

'O ja?'

'Over de Tweede Wereldoorlog. Wist u dat niet?'

Mijn moeder keek me aan.

'Eigenlijk is het niet op school,' zei Suzan. 'We gaan naar Amsterdam. Naar het Anne Frankhuis.'

Mijn moeder fronste amper merkbaar een wenkbrauw. O, ik had zo geleerd om te letten op het kleine leven.

'Ik had 't al willen vertellen,' zei ik.

'Heb je geld nodig?'

'Daar gaat het niet om,' zei ik.

'Het kan wel eens laat worden,' zei Suzan, ineens wat krachtiger. '*Daar* gaat 't om.'

'Laat?' vroeg mijn moeder. 'Hoezo? Het Anne Frankhuis gaat toch om vijf uur dicht?'

'Jawel,' zei Suzan. 'Maar daarna moeten we dus weer terug. En daarna is er nog een avond op school. Ook over de Tweede Wereldoorlog.'

'Nou, dat kan toch,' zei mijn moeder aarzelig.

'Zou wel eens tot een uurtje of één kunnen duren,' zei Suzan.

'Eén uur?' Mijn moeder keek nu echt sceptisch. 'Wat doen jullie dan die hele avond?'

'Dat heeft de school zo georganiseerd,' zei Suzan, nogal plechtig.

'Ik vind dat eigenaardig,' zei mijn moeder. 'Waarom moet dat zo laat?'

'Activiteiten,' zei Suzan met een glashard smoel.

Ik had bewondering voor haar. Ze trotseerde mijn moeders autoritaire toon met een moed die ik meestal niet kon opbrengen. Ze trok zich niets aan van mijn moeders doordringende blik.

Mijn moeder merkte het ook.

'Je bent pas vijftien,' zei ze, zich tot mij wendend.

'*Mijn* moeder vindt het goed,' interrumpeerde Suzan hard. 'U hoeft zich geen zorgen te maken.'

'Wat gebeurt er dan op die avond?' vroeg mijn moeder. 'Of is het gewoon een schoolf-'
Maar op dat moment werden de onderhandelingen onderbroken. Mijn vader kwam op sokken de keuken binnen.
'Wie is dat?' vroeg hij, bijna snauwend.
'Ik ben Suzan,' zei Suzan. 'Dag meneer Skibner. Ik ben een vriendin van Lib... uw dochter.'
'Ze willen naar een avond op school,' zei mijn moeder.
'Over de Tweede Wereldoorlog,' vulde Suzan aan.
'Nou, laten ze vooral gáán,' zei mijn vader korzelig. Het was een automatisch antwoord. Hij was met zijn gedachten mijlenver van de keuken. Hij liep weer weg.
Daarmee had ik, vreemd genoeg, toestemming gekregen.
'Mag het?' vroeg ik voor de zekerheid.
'Blijkbaar,' zei mijn moeder.
'Tof!' zei Suzan. 'We zullen héél braaf zijn!'
En even zaten we allebei te giechelen. Mijn moeder keek verbluft in onze richting. Ik geloof dat het voor het eerst was dat ze mij op die manier hoorde lachen. Ze wilde nog iets zeggen, maar ik was haar voor.
'Zullen we naar mijn kamer gaan?' zei ik.
'Vet,' zei Suzan.

Op mijn kamer keek ze rond.
'Geinig,' zei ze. 'Al die antieke zooi.'
Ze tuurde naar buiten.
'Krijgen we Thijs nog te zien?'

'Het mag,' zei ik.

'Nou, dat vind ik ook wél terecht,' zei Suzan, die bleef spieden in de richting van de tuin. 'Zullen we aankloppen bij die schuur?'

'Ben je gek,' zei ik.

Niet lang daarna ging ze naar huis. Het was later op deze middag, terwijl de asperges stonden te koken, dat mijn moeder zei 'dat ik maar niet te veel moest omgaan met die Suzan'.

21

Nauwelijks hadden we die avond de borden voor ons, nauwelijks waren we in de weer met de gekookte eieren, met de gesmolten boter en de nootmuskaat, of de band klonk weer bonkend over de tuinen.

Mijn vader veerde op alsof hij een naald in zijn rug geduwd kreeg. Een tijdlang zaten we zo om de tafel, en het gerommel leek alles om ons heen te vervuilen. Ik voelde die muziek weer in m'n maag. Tim en ik durfden nauwelijks te eten.

Ineengedoken zat mijn vader op zijn stoel, maar toen stond hij op. Hij liep weg en we hoorden zijn zware voetstappen over de trap, daarna de klap van de voordeur.

We bleven zitten, alle drie, we keken elkaar niet aan. Plotseling zag ik Tim naar buiten staren, met angst in zijn ogen. Daar, achter de tuin van Thijs, was mijn vader opgedoken.

Op de deur van de schuur ging hij staan bonken,

met twee vuisten tegelijk. Het geraas viel stil, de deur werd geopend, Thijs verscheen. Mijn vader maakte wilde gebaren met zijn armen, alsof hij een woest stuk stond te dirigeren. Vaag hoorden we zijn stem bulken, tweemaal meende ik het woord 'asperges' op te vangen. Thijs schudde zijn hoofd en zei wat terug. Daarop rende mijn vader scheldend weg. Hollend verdween hij over de parkeerplaats achter de schuur. Mijn moeder beende naar de gang. Tim stond ook op. Ik bleef achter aan tafel, en even had ik het gevoel dat ik me had verslikt. Het kostte me moeite om normaal adem te halen. Ik voelde mijn hart bonzen als een gek.

Het werd minder; ik gooide de glazige, witgrijze stengels in de afvalemmer.

22

De volgende middag – woensdag – ben ik weer naar die schuur gelopen. Je vraagt je misschien af waarom ik dat deed. Het enige wat ik daarop kan zeggen, is dat ik er zin in had. Ik wilde weg uit huis, en misschien wilde ik zelfs opzettelijk de vijand opzoeken. De *andere kant*. Misschien was ik toen al zo murw dat het me niks meer kon schelen.

Wat ook niet helemaal waar is, want ik zorgde wel dat ik door niemand in ons huis werd gezien.

Hoe dan ook, ik klopte aan.

'Ik kom zo!' werd er geroepen.

Ik ging naar binnen, Thijs zat onderuitgezakt achter het scherm van zijn computer. Hij was kalm, dat zag je, en ik vond het onvoorstelbaar dat iemand zo ontspannen kon zijn, terwijl die iemand toch wist dat hij iemand anders z'n leven tot een hel maakte. Hij klikte het ding uit.

'Is je vader nog kwaad?'

Hij was er dus toch mee bezig.

'Mijn vader zou jou het liefst vermoorden,' zei ik.

Thijs glimlachte scheef.

'Ga zitten,' zei hij. 'En het is niet bedoeld om 'm te treiteren. Hij zou het zelfs leuk kunnen vinden.'

'Leuk?'

'Ja. Moderne muziek. Iets anders, iets dat meer van deze tijd is.'

Jezus, dacht ik. Wat ben jij eigenlijk arrogant. Of gewoon heel stom.

Ik wou dat ik zo arrogant kon zijn, dacht ik.

'Mijn vader is nog met jouw ouders gaan praten,' zei ik. 'Voor die uitbarsting, bedoel ik.'

'Met mijn moeder, ja,' zei Thijs, en hij gniffelde.

'Is dat grappig?' vroeg ik.

'Ach,' zei Thijs, 'mijn moeder is niet echt op jouw ouders gesteld.'

'Waarom niet?'

'Omdat ze arrogant zijn.'

Dat was vreemd. Datzelfde woord was net door me heen gegaan.

'Hoezo?' vroeg ik.

'Mijn moeder heeft me verteld dat ze, net toen wij hier waren komen wonen, bij jouw ouders is langsge-

gaan,' zei Thijs. 'Heb je dat verhaal nooit gehoord?'
Ik schudde mijn hoofd.
'Jouw vader had een stuk geschreven. En hij stond daarmee in de krant. En mijn moeder is 'm toen gaan feliciteren. Ze had een appeltaart gebakken, en met die taart is ze naar jouw ouders gegaan. Een aardig gebaar ter kennismaking. Kun je je voorstellen?'
Ik knikte.
'Nou,' zei Thijs, 'ze wilden die taart niet eens aannemen! Je vader was namelijk beledigd. Een appeltaart voor een symfonie! Dat vond je vader belachelijk. Het was een grof schandaal, geloof ik, zoiets ordinairs voor zoiets hoogstaands. En toen stond mijn moeder dus weer buiten, mét haar taart. En daarmee kon ze dus weer naar huis.'
Thijs grinnikte.
'Lekker zielig, hè,' zei hij. 'Maar sindsdien geloven m'n ouders het wel, wat jouw ouders betreft. Begrijp je?'
Ik moest ook glimlachen. Ik weet niet precies waarom. Of eigenlijk weet ik het wel. Het was zijn eerlijkheid. Hij was volkomen eerlijk en open. Als mensen zo eerlijk zijn is dat soms een verademing. Dat kan het tenminste zijn.
Thijs pakte zijn gitaar en liet me een van zijn composities horen. Hij zong nog steeds een tikje vals. Ik kon hem intussen op m'n gemak bekijken. Hij droeg een tweedehandscolbertje. Daaronder een groen T-shirt waarop stond: *Ai em u dzinijus.*
'Zelf bedacht,' zei hij tevreden, toen ik ernaar vroeg. 'Laten drukken bij de copyshop.'

Ik lachte. Ik voelde me best prettig, daar in die schuur. Ik voelde me zelfs prettiger dan ik me in dagen had gevoeld. Iets in mijn schouders begon zich te ontspannen.

Hij was net weer begonnen met het pingelen van iets nieuws, toen zijn vader z'n hoofd om de deur stak.

'Zeg Thijs...'

Direct hield hij op met spelen. Zijn vader begon te lachen. Een man met grijs stekelhaar, een zware bril en een lach die diep uit zijn buik kwam.

'Ik wist niet dat je bezoek had. Dag Liesbeth.'

'Dag meneer Goldschmeding.'

Mijn stem was raar hoog. Dit was weer een nieuwe vijand van mijn vader, die daar om de hoek kwam.

'Wat wou je vragen?' vroeg Thijs.

Meneer Goldschmeding kwam nu helemaal binnen.

'Even kijken hoe het met je is, jongen,' mompelde hij. 'Zit jij niet op het Lucius College?'

Ik knikte.

'Heb je toevallig les van Frits?'

'Frits?' vroeg ik.

'Frits Krijmborg,' zei meneer Goldschmeding.

'Kent u die?' vroeg ik verbaasd.

'Mee op school gezeten,' zei hij. 'Dit is nou eenmaal een dorp.'

'Ja.'

'Frits was een beetje een onderkruipsel toen... Maar doe hem toch maar eens de groeten van me.'

'Hoezo?' vroeg ik.

69

'Hij werd nogal gepest vroeger,' zei meneer Gold-schmeding, om zich heen kijkend. 'Je kent die grapjes wel. Iemand in de pauze gras laten eten. Of met z'n kop in de wc-pot duwen. Dat soort dingen. School-dingen.'

Hij grinnikte.

'Hij is zelfs een keer in een vaart geduwd! Nou ja... Een erg aardig iemand was het ook niet. Frits bedoel ik.'

'Pa,' zei Thijs.

'Wat?' vroeg meneer Goldschmeding.

'Libby is hier niet om jouw memoires aan te horen.'

'Nou zeg,' zei meneer Goldschmeding. 'Ik ga al-weer.'

Met een grappig gebaar hief hij zijn handen om-hoog, en hij verdween.

'Typisch pa,' zei Thijs. 'Houdt een heel ouwehoer-verhaal. Alleen om even te kunnen zien wie er in m'n kamer zit.'

Hij sloeg weer een akkoord aan.

23

Op donderdagochtend stond ik een paar boterham-men klaar te maken, toen mijn vader in pyjama langs de keuken liep. Hij keek in mijn richting, maar ik ge-loof niet dat hij iets zag. Zijn gezicht leek nog het meest op een masker. Er stond geen enkele uitdruk-king op.

We hadden zoals gewoonlijk niets gezegd over die uitbarsting. We waren er niet op teruggekomen, temeer daar er intussen eigenlijk niet meer met mijn vader te praten viel. Hij sjokte maar wat rond door de kamers, soms mompelend in zichzelf.

Ik merkte nu dat ik geen medelijden meer met 'm had. Ik kon het niet meer opbrengen. Ergens diep in me was er zelfs een kwelduiveltje gegroeid. Een kwelduiveltje dat gniffelde terwijl ik hem zo zag. Dit klinkt gemeen, dat weet ik wel. Maar het was nou eenmaal zo. En je moet niet denken dat dat een goed gevoel was, of dat ik me er beter door voelde. Integendeel. Ik kreeg er een steek van in m'n hoofd. En weer leek mijn adem te stokken, en was mijn maag gevuld met stenen.

Ik trapte naar school, en buiten nam die hoofdpijn meteen weer af. Buiten was alles normaal, ging iedereen naar zijn werk, toeterden auto's, drilden drilboren en gonsde het leven.

Terwijl ik mijn fiets parkeerde in de fietsenstalling, zag ik hoe Krijmborg werd afgezet door zijn vrouw; een wasbleek mens, dat begon te hoesten nadat hij uit hun auto was gestapt.

Krijmborg merkte het niet, hanig stapte hij naar binnen.

Daarna liep hij speurend heen en weer voor onze klas. Hij was humeuriger dan ooit sinds hij in de gaten had gekregen dat zijn vernederingen wat minder aansloegen. Corrie Huttenbach was nou niet bepaald gestegen in populariteit, maar de sfeer in de klas was omgeslagen. Eindeloos waren we ingelicht over landverraders, over NSB'ers en over deportaties, en onder die verhalen was een soort van bedachtzaamheid ontstaan. Je kon niet meer grinniken als iemand te kakken werd gezet.

Krijmborg was zichtbaar uit z'n doen. Hij gaf nu links en rechts dikke onvoldoendes aan leerlingen die niet zaten op te letten.

Suzan kwam pas halverwege de les binnenwaaien. 'Ja,' was het eerste wat ze zei, net zo hard als altijd, 'die arme Suzan had dus een lekke band!'

Krijmborg leefde helemaal op.

'En de brug stond zeker open!' snerpte hij. 'En de wekker was niet afgegaan! Of zijn wij weer eens ongesteld?!'

'Nou,' zei Suzan, '*wij* zijn dat niet, denk ik.'

'Opdonderen,' zei Krijmborg. 'Ga je maar melden.'

In de pauze was er, merkte ik, een nieuw spelletje ontstaan. Het heette *Herken de landverrader*. Vooral onder de Kakkers was dit een favoriete bezigheid. Die stonden gnuivend in de overblijfruimte en iedereen die langs kwam lopen werd beoordeeld: zou dit een landverrader zijn geworden of niet?

Wij – ons groepje – wij stonden in de buurt en we hoorden ze tekeergaan. We hoorden ze brallen en roepen.

'Die nazi's waren ergens best wel cool,' hoorde ik Egbert zeggen. 'Zwervers en zo, die had je toen niet!'

'Ja,' riep Raoul, 'en van zwervers weet jij natuurlijk alles af!'

'Hou je smoel, man!' snauwde Egbert, om zich heen kijkend. 'Dat was gewoon een geintje!'

Het verschil met hoe het bij mij thuis was had niet groter kunnen zijn. Thuis werd alles levend begraven, op school schreeuwde iedereen door elkaar. Ook ik deed daaraan mee. Ik had nu bovendien zo veel informatie verzameld, dat de puzzel min of meer compleet was. Hier en daar ontbrak misschien nog een stukje, vast wel, maar van het overgrote deel van de leerlingen en leraren wist ik wat hen bezighield, en wist ik hoe hun gezin in elkaar stak en wist ik waar ze mee zaten en op wie ze verliefd waren of aan wie ze de pest hadden. Een heel dorp aan kathedralen had ik opgericht, en dat maakte dat ik me wat zekerder was gaan voelen.

Intussen schaterde ik opzettelijk en luid om de grappen van de meiden, ik hoorde mezelf schateren soms, en als ik iets te vertellen had klonk m'n stem schril en doordringend. Ik was zo langzamerhand twee totaal verschillende personen.

24

Het is wel leuk om meerdere personen te zijn. Het is zelfs geweldig om jezelf te kunnen verbazen, om te merken dat je blijkbaar dingen kunt zeggen die als vlinders naar buiten komen. Omdat er blijkbaar dingen in je leven, waar je voor die tijd geen weet van had.

Maar je houdt het niet vol.

Op den duur ben je alleen nog maar verward. Op den duur gaat alles door elkaar lopen en word je mesjogge, neem dat van me aan.

Suzan had die middag geen tijd, ik fietste dus met tegenzin terug naar huis. Ik zeg niet dat ik het nou zo leuk vond op school op dat moment, ik bedoel, dat groepje van Egbert bestond toch eigenlijk uit een stelletje griezels en de kritiek die de meiden van mijn eigen groepje spuiden op alles wat langskwam, dat ging me intussen ook wel tegenstaan. Maar nu liep ik onze gang binnen en het was alsof ik terechtkwam in een museum. Een plek waar je je nauwelijks durfde te bewegen. Ik had de indruk dat alles gemaakt was van een loodzware, stoffige onbeweeglijkheid.

Maar dat kon ook komen omdat er geen akkoorden klonken.

'Pap ligt in bed,' zei mijn moeder, voordat ik daarover verbaasd kon zijn. 'De dokter is geweest, want hij kon zich niet meer ontspannen. Pap heeft geschreeuwd tegen de dokter dat ze de buurjongen beter een spuitje konden geven in plaats van hem. Toen de dokter hem tegensprak, heeft hij die man een klap gegeven. Ik heb ze uit elkaar moeten duwen...'

Ze leek wat minder op een generaal. Ze had iets hulpeloos over zich, iets krommers.

'Hij overdrijft,' zei ik.

'Wát?' zei mijn moeder.

Direct was dat strenge weer terug.

'Niks,' zei ik meteen. 'Laat maar.'

Ik moest uitkijken. Want woorden waren nog steeds gevaarlijk. Op school, had ik intussen door, maakte het niet zo heel veel uit als je er soms wat verkeerds uit-flapte. De meeste leerlingen luisterden toch nauwe-lijks, of het interesseerde ze geen bal. Maar hier moest ik nog steeds ervoor zorgen om geen dingen te zeggen die nooit meer zouden kunnen worden uitgewist. Ik was bang om dingen te vernietigen. Ik was zelfs bang voor mijn eigen gedachten.

Ik liep naar boven.

Op mijn kamer zat ik voor me uit te staren, nou ja, eerlijk gezegd staarde ik naar de schuur van Thijs. Toen ik ging verzitten verschoof mijn hand, en mijn wekker viel op de grond. Ik schrok ontzettend van die bons. En ik verstijfde compleet toen het ding ook af-liep.

Ratelend liep de wekker af, en het geluid rukte de stilte aan flarden. Misschien maakte ik toen een rare beweging. Hoe dan ook, ik kreeg ineens geen lucht meer. Iets klemde zich als een ijzeren schaar om mijn keel. Ik was afgesneden van de zuurstof. Ik wilde roe-pen.

Maar ik durfde niet.

Ik durfde niet te roepen. Kun je je voorstellen? Zelfs als ik mijn leven daarmee had moeten redden, had ik het niet gewaagd om mijn stem te verheffen.

Ik was intussen terechtgekomen op de vloer. Een volle minuut lag ik te stuiptrekken. Ik dacht dat ik zou stikken, alleen en in stilte. Mijn adem reutelde en zwoegde.

Langzaamaan keerde de lucht weer terug. Hijgend kwam ik overeind, steunend tegen een muur. Vlekken flitsten aan en uit voor mijn ogen.

Ik stond weer op mijn voeten. Het ging voorbij. Ik voelde het wegtrekken. Ik moest rustig zien te blijven. Op dat ogenblik zag ik Thijs lopen, door zijn achtertuin. Hij was op weg naar zijn schuur, pratend tegen een rol koekjes in zijn rechterhand. Hij zag me staan, achter mijn raam, en hij grijnsde. Hij hield de rol omhoog alsof het een handpop was. Iets vreemds ging door me heen: *hij zal me redden*. Ik dacht dat werkelijk op dat ogenblik.

25

De volgende ochtend kon ik uitbreken. Mijn ouders hadden hun toestemming niet weer ingetrokken, ik had zelfs 's avonds nog wat geld gekregen van mijn moeder. Nu sloop ik naar de keuken, angstig als ik was om in de laatste seconde nog te worden tegengehouden.

Wegfietsend bedacht ik dat het misschien mijn geluk was, dat het zo slecht ging. Omdat ze het daarom niet hadden kunnen opbrengen om beter na te denken over die avond op school.

Op het schoolplein was het een kwebbelende, kakelende drukte, dat was aangenaam, het leidde me af. Ik sloot me aan bij Suzan, die daar stond met Evelien, Rachel en Joyce. In de buurt stonden de andere groepjes uit onze klas, daaromheen, verspreid, drentelden de eenlingen.

Er stopte een zwarte Mercedes en daaruit kwam Egbert, en toen ook zijn vader.

'Bullie,' hoorde ik hem zeggen, met een luide, bazige stem, 'Bullie, heb je genoeg geld?'

'Jaha,' antwoordde Egbert, om zich heen kijkend.

'Geef je moeder een zoen!' commandeerde zijn vader.

Egbert bukte zich en kuste, door het open raam, de wang van een popperig vrouwtje dat volgesmeerd was met make-up. Daarop verdween de Mercedes. Egbert haalde een zonnebril tevoorschijn, die hij opzette. Pas toen liep hij quasi-nonchalant naar zijn groepje.

We klommen een bus in, Krijmborg en Lammers stapten als laatsten naar binnen. De klas was luidruchtig. Iedereen zag dit alleen maar als een dag dat er niks gedaan hoefde te worden. Na zo'n tien minuten rijden liep Egbert naar voren, met een cd in zijn hand. Hij maakte een grap waar Lammers en Krijmborg om grinnikten, hij smoesde even met de chauffeur. Daarna klonk een of andere Nederlandse zanger door de bus.

'Oegh,' zei Suzan, die weer op een Twix zat te kauwen. 'Frans Bauer.'

Ondanks een paar protesten bleef de muziek aan. De Kakkers zongen luidkeels mee, die vonden het een steengoeie grap, en ik, ik genoot stiekem van dat gebrul.

Een dik uur later waren we in Amsterdam, in de binnenstad. Winkels, trams, grachten, typische huizen. Iedereen keek rond, iedereen werd er uitgelaten van.

De bus stopte op een gracht, we stapten uit. En ontdekten meteen een ellenlange rij mensen. Lammers ging informeren, vijf minuten later kwam hij weer naar buiten.

'Jullie hebben anderhalf uur vrij,' zei hij. 'Pas dan kunnen we-'

De rest van zijn woorden ging verloren in gejuich.

We liepen dus rond, vijf meiden, waaronder ik. In een winkeltje trokken we wat kleren van rekken, en de meest opzichtige spullen hielden we tegen ons lichaam. En ik kocht een rokje, het kortste rokje dat ik ooit had gezien, tweedehands, maar wel een Dolce & Gabbana! Daarna kocht ik ook nog netkousen.

'Voor vanavond?' riep Rachel.

Ik knikte. Dit maakte mijn outfit compleet.

Dat winkelen met die meiden was fantastisch. We sjouwden weer over straat, pratend en roepend, langs steegjes en over bruggen, en we gluurden naar coffeeshops. Rachel en Joyce wilden nu hasj kopen, dat moest, daarvoor was je toch in Amsterdam, maar geen van allen durfden we het te gaan proberen.

'Daklozenkrant!' riep een zwerver, en hij stak een krantje in onze richting.

'Nee, dank je,' zei Evelien. 'Ik ben niet dakloos.'

'Dit is niet vóór daklozen,' zei de man. 'Maar gewoon om te verkopen.'

Schaterend liepen we verder.

Terug bij het Anne Frankhuis stond er nog steeds die rij, die eerder nog langer leek te zijn geworden. Krijmborg telde de leerlingen.

'Waar is Egbert?' snauwde hij. 'En waar zijn Raoul en Michael?'

Lammers ging ze zoeken. We voerden intussen

de meeuwen, de helft van de klas bleek zakken popcorn te hebben, en de Hiphoppers hadden een Anne Frank-rap gemaakt. 'Innut Achterhuis! Innut Achterhuis!' schreeuwden ze. 'Anne Frank, Anne Frank innut Achterhuis!' En de eenlingen liepen heen en weer, van groepje naar groepje, en ze maakten grappen waarom niemand lachte. Toen dook Lammers weer op, met de vermiste leerlingen, en mochten we naar binnen.

Het Anne Frankhuis was vanbinnen kaal, maar heftig. Er was een kast, die had voor een doorgang gestaan, om de nazi's te misleiden. En daarachter waren kamers. Kleine, holle, donkere kamers, en daar had Anne in een doodse stilte moeten bivakkeren met haar familie.

Ik kon 't me wel voorstellen. Je begrijpt waarschijnlijk wel dat het me aan mijn eigen huis deed denken. Natuurlijk ging het door me heen dat ook mijn ouders verwikkeld waren in een soort van oorlog tegen de buitenwereld.

Maar de meiden waar ik mee was waren haast net zo ontroerd als ik, dat viel me op. Aandachtig stonden we te luisteren naar de uitleg van de gids.

'Shermantanks. Gaaf,' hoorde ik Corrie zachtjes achter me mompelen. En de Kakkers hielden hun zonnebrillen op in die schemerige kamers.

'Ik hoop dat jullie hebben opgelet,' zei Krijmborg na afloop. 'Ik verwacht van iedereen komende maandag een verslag.'

Dat was weer typisch Krijmborg. Die natuurlijk pas *achteraf* kwam met een dergelijke opdracht.

Frits, dacht ik even. Het idee dat ik hem de groeten zou doen van meneer Goldschmeding was zó idioot dat ik moest grinniken.

Toen mochten we opnieuw doen wat we wilden. Weer sjouwden we door Amsterdam. Maar iets kopen ging niet meer, ik had nog maar net genoeg geld voor het feest. We kwamen terecht op het Leidseplein. Daar zagen we Lammers staan in een coffeeshop. Toen hij iets bestelde, aan de bar, kreeg hij ons groepje in de gaten, achter het raam. Hij maakte toen gauw een gebaar met z'n hand, daarna kreeg hij een glas bier voor zich. Wij dromden naar binnen.

Lammers zat nu op een barkruk. 'Niet zeggen dat ik hier ben geweest,' zei hij met een knipoog, en wij knipoogden terug, 'Tuurlijk meneer Lammers, en als u nog hasj wil bestellen, dan mag dat best, we verklappen niks.'

'Hasj?' zei Lammers. 'Ik ben een keurige huisvader! Hebben jullie trouwens mijn dochter wel eens gezien?'

En hij toonde zijn portemonnee, van waaruit een lachend klein meisje ons aankeek. Het onderwerp 'hasj' was meteen vergeten.

Aan het einde van de middag waren we terug bij school, en daar kreeg iedereen te eten. De rector hield intussen een toespraak. Eigenlijk, zei hij, hadden ze bloembollen moeten klaarmaken, dan had iedereen 'aan den lijve' gevoeld hoe het er tijdens de hongerwinter aan toe ging. Wat hem betrof was de dag geslaagd, en nu mocht iedereen gaan feesten. Het overgrote deel van

de meisjes holde daarop in één rechte lijn naar de wc's.
Ook ik. We moesten ons omkleden.

Dat duurde uren, eindeloos waren de wc's bezet.
Ten slotte trok ik zenuwachtig mijn netkousen aan,
en dat rokje. Daarna dat zilveren topje. Misschien was
het te erg. Te overdreven. Als mensen kleren dragen
die net verkeerd zijn, dan liggen ze er gauw genoeg
uit.

Suzan stond me op te wachten.

'Zo!' zei ze, toen ze me in de gaten kreeg.

'Wat?' vroeg ik.

'Jij bent echt mooi.'

Vrolijk maakten we ons op, en ik was behoorlijk tevreden met wat ik zag in de spiegel.

We kochten drankbonnen.

'Als je nog wat moet lenen...' zei Suzan.

Mijn gebruikelijke zorgen leken toen in rook te zijn
opgegaan. Ik was aantrekkelijk, niet meer helemaal
onopvallend, en daarbij had ik een vriendin, die zelf
ook niet rijk was, maar me toch nog geld wilde lenen...
Ik had nu iets bereikt, ik had me ergens overheen gewerkt, en ik merkte dat ik lachte, om niks in het bijzonder, of juist om alles, om mijn kleren, om mezelf,
en omdat het feest nu begon.

Omdat ik mee mocht doen.

Als het daarbij was gebleven, wil ik maar zeggen,
was al dat stomme gedoe waarschijnlijk niet gebeurd.
Dan had ik me aangepast, denk ik, en uiteindelijk had
ik er gewoon bijgehoord.

Maar die avond ging het mis. Ik dronk bier. Het
was bitter, maar na een paar slokken merkte ik dat niet

meer. Ik was alleen geen alcohol gewend, dus je begrijpt dat ik er zweverig en roekeloos van werd. Op een afstand stond Raoul naar me te loeren, ook met een flesje in z'n hand. Hij grinnikte, met een openhangende mond, hij leek iets te willen zeggen. 'Jeetje!' zei Rachel hard. 'Raoul probeert iets te bedenken!' 'Boerenkinkel,' zei Joyce. 'Wel een lekker lijf,' zei Evelien. 'Dat heeft toch helemaal geen hersens nodig!' We begonnen weer te schateren.

Daarna veranderde de avond in een roes. De tijd ging met rare schokken vooruit, en stond soms even stil. We krijsten en schaterden en dronken steeds meer, in het begin van onze drankbonnen, maar toen die op waren gingen we bietsen, bij de Kakkers natuurlijk, die hadden geld. Het kon me toen al niks meer schelen dat ik het eigenlijk een behoorlijk rottig groepje jongens vond. Het interesseerde me ook geen biet of ik me 'verlaagde', of dat ik 'bedelde', of dat ik me 'als een slet gedroeg'. Al die waarschuwingen zaten nog ergens in mijn achterhoofd, maar ik lachte ze uit. Het waren oud-Hollandse spreekwoorden, horend bij een andere tijd en een andere plaats. Ik danste met Michael.

Michael was lang en had donker haar. Hij had dikke wangetjes en doffe ogen. Hij speelde luchtgitaar, telkens als hij opgewonden werd.

Het kon me niets meer schelen. Ik danste. Ik dronk nog meer. En ten slotte liet ik me meevoeren naar de kapstokken.

Het licht in de aula was inmiddels rood als de hel,

en het stonk er naar gemorst bier, naar zweet en naar een soort wierook. Evelien hing bij Raoul om z'n nek, Rachel was verdwenen en Suzan en Joyce zaten in een hoek met Sander. Ik grinnikte toen Michael me aanraakte. Dat grinniken was eigenlijk van schrik, dat was één van die stilstaande momenten. Hij raakte me aan, terwijl mensen me nooit aanraakten. Vond ik hem mooi? Was ik verliefd of iets dergelijks? Welnee. Het was een dumbo, dat zag ik best. Een chimpansee in dure kleren. Hij had puisten in zijn nek, dat merkte ik toen ik m'n handen daaromheen vouwde. Puisten, drijvend in het zweet. Z'n adem stonk naar drank, z'n haren lagen als natte toefjes op zijn lage voorhoofd.

Bij de kapstokken begon hij me te zoenen. Zijn tong kroop in m'n mond, als een slak. Mijn allereerste tongzoen. Michael van Mierloo.

Ik liet hem toe. Dit was de wereld die mijn ouders verafschuwden, waar ze me altijd van hadden weggehouden. Maar ik wilde die wereld leren kennen. *Juist* deze verboden nieuwe diepte wilde ik binnengaan. Soms heb je het gevoel dat je bepaalde dingen moet ondergaan. Omdat je anders nooit zult begrijpen wat verder voor iedereen glashelder is.

'Tering, jij bent lekker,' mompelde Michael.

Dat bedoel ik. Romantisch was hij wel, ja. Ik was een soort gerecht voor 'm, geloof ik, iets wat hij wilde opeten.

De kapstokken bevonden zich half in het duister – daarom was die plek zo geliefd – maar ervoor hing een neonbuis, die de stenen tegels van de hal deed glin-

steren. Naar die neonbuis staarde ik, terwijl Michaels handen knedend omlaag en weer omhoog kropen. In de verte beukte nog de muziek, maar hier hoorde je gilletjes, gesteun, gelebber en gegiechel, allemaal komend uit de rijen jassen.
En toen verscheen mijn moeder.

26

Daar stond ze, in haar grijze, lange jas, onder die buis van licht.
Kaarsrecht.
Rondkijkend met een donkere, doordringende blik...
De bonkende drums vielen weg. Het werd doodstil. Ik hoorde enkel nog mijn hartslag. Ik begon te hijgen. Mijn adem, waar ik de hele avond geen enkele last van had gehad, werd afgesneden. Voor Michael was dit kennelijk een aanmoediging, zijn handen knepen nog wat harder.
Ik worstelde me los en strompelde naar het licht. Vlak voor mijn moeder zakte ik in elkaar.

27

Een kwartier later zat ik in onze auto. Het zal een mooie scène zijn geweest: mijn moeder die aan me stond te trekken, ik die zwoegend op de stenen tegels lag, Michael die ernaast stond. En algauw een groepje leerlingen dat eromheen drong, en ten slotte de conciërge met zijn bekertje water.

Ik kwam weer bij. Ik wist dat ik me rustig moest houden. Ik zou niet doodgaan. Langzamerhand kon ik weer ademen. Eerst met gierende uithalen, toen makkelijker.

Nadat ik ook weer op mijn benen kon staan werd ik in de richting van de auto geduwd.

Als een plank zat mijn moeder achter het stuur. Aan de afgemeten manier waarop ze schakelde kon ik merken hoe overstuur ze was.

'Waarom ben je me komen halen?'

'Het is half twee.'

Ze snauwde niet, maar haar stem was gemaakt van geslepen glas.

'Is je adem weer normaal?'

Ik haalde mijn schouders op.

'Maandag ga je naar de dokter.'

We zwegen verder. We stapten uit voor ons donkere huis, dat nu op me overkwam als iets wat me ging opslokken. Iets waarin ik voorgoed zou verdwijnen.

Mijn vader zat in de voorkamer op de bank, in het donker, met een glas in zijn hand. Hij keek ziedend naar me op. Niet dat ik dat zo helder kon zien, maar ik wist het, ik wist precies hoe hij keek. Even dacht ik dat hij dat glas naar me toe zou gooien. Hij gromde maar één woord.

'*Rótmeid.*'

Ik had willen *schreeuwen* toen! Ik had hem allerlei

vreselijke dingen willen toekrijsen, dat hij een *stakker* was, een *zak* van een vader, een arrogante gek die iemand met een zelfgebakken taart naar huis stuurde. Dat hij iedereen uitschold voor proleet of schoft, maar dat hij dat *zelf* was, en dat ik hoopte dat Thijs voortaan iedere middag zou oefenen met zijn band... Ik zei niks. Ik rende weg, het trappenhuis in. Plotseling veegde het plafond voor mijn ogen langs. Heel even had ik het gevoel dat ik *vloog*.

28

....

29

Het was licht.
Dat was het eerste wat me opviel: het was opvallend licht.
Een ogenblik dacht ik dat ik in een ziekenhuis lag, onder een lamp. Maar ik lag gewoon in bed, en had m'n pyjama aan. Dat licht kwam van buiten, het was een zonnige dag.
Voor mijn gevoel was ik maar een paar seconden buiten westen geweest. Mijn moeder en een gelige, magere man stonden naast me. Onze huisdokter. Ik keek hem aan – of liever: hij kwam ineens in beeld – en ik zag dat zijn mond bewoog. Met wat inspanning kon ik ook horen wat hij zei.

'Doet dit pijn? En dit?'
Ik schudde m'n hoofd.
Het viel erg mee, zei zijn korzelige stem. Ik was op mijn achterhoofd gevallen. Daar zat een bult. Wist ik wie ik was? En waar ik was? Had ik hoofdpijn? Nee? Ook geen nekpijn?
'Hou d'r vandaag maar in bed,' zei hij tegen m'n moeder. 'Morgen mag ze weer op. Eh... uw man is niet thuis? Beneden? Nee, u hoeft hem niet te waarschuwen.'
Ze verdwenen.

30

Opnieuw stond mijn moeder naast mijn bed.
'Je hoeft niet te denken,' zei ze, 'dat we hiermee gisterennacht vergeten zijn.'
Ik zei niks.
'Hoe voel je je nu?'
Ik haalde mijn schouders op.
'Het is goed afgelopen,' zei mijn moeder.
Even bleef ze nog staan, maar ik zei geen woord. Ik zou op dat ogenblik niet hebben geweten wat ik kon zeggen. Mijn hersens waren volkomen blanco. Ze liep naar beneden, ik luisterde naar haar wegstervende stappen. Ergens in de diepte hoorde ik haar iets zeggen, en antwoordde de bromstem van mijn vader. Ik voelde aan mijn achterhoofd. Daar zat inderdaad een bult.
Naast mijn bed stond een glas water. Ik dronk het

leeg, ik had een mond die vanbinnen aanvoelde als een zeemleren lap.

Wat later kleedde ik me aan, ik was stijf en mijn slapen bonsden, maar het was nergens voor nodig om te blijven liggen.

Nog een moment stond ik naar buiten te kijken, naar de dennen. Naar het licht dat daaroverheen viel.

Ik liep over de trap omlaag.

Aan de keukentafel zat mijn moeder naar buiten te kijken. Naast haar stond mijn vader, nogal besluiteloos. Mijn moeder had verdriet, dat was zichtbaar, maar mijn vader durfde haar niet te storen.

Hij raakte haar niet aan.

Dat moment, dat ik daar in de gang stond, voor de drempel van de keuken, leek eindeloos te duren. Alsof de tijd was *uitgerekt*. Het ging door me heen dat ik aan het vallen was. Dat ik op de een of andere manier nog steeds omlaag suisde. En dat ik binnenkort heel hard zou neerkomen.

'Pap?'

Hij keerde zich niet om.

'Jij moet in bed blijven,' zei hij.

'Pap, waarom speel je dat wiegeliedje nooit meer?'

Nu draaide hij zich naar me toe.

'Wat voor wiegeliedje?'

'Dat wiegeliedje dat je had gemaakt toen Tim werd geboren.'

'Herinner jij je dat?' vroeg hij verbaasd.

Ik knikte.

'Waarom speel je dat nooit meer?' vroeg ik opnieuw.
'Ik vond dat mooi. Je had dat voor Tim gemaakt...'
'Je was vier toen,' zei mijn vader peinzend.
Ook mijn moeder staarde me nu aan. Mijn vader
zag haar kijken.
'Liesbeth,' zei hij, opeens veel strenger.
'Ja?'
'Weet je zeker dat je je in orde voelt?'
'Ja hoor,' zei ik. 'Ik ben in orde.'
'O... Nou... doe maar rustig aan.'
'Goed,' zei ik.
En dat was dat. Ik wist dat ze nog wel met straf zou-
den komen, met maatregelen. Maar nu nog niet. Op
dit moment waren ze voornamelijk bezorgd. En dit
was hun manier: een paar schuchtere vragen. Waarna
iedereen terugkeerde naar zijn of haar eiland.

31

Op zondag kwamen mijn ouders naar mijn kamer,
mijn eiland in de Stille Zuidzee, waar ik zat te lezen
in *Robinson Crusoe*. Het was een delegatie die daar op
bezoek kwam. Een plechtige afvaardiging die leek op
mijn ouders. Mijn moeder deed zorgvuldig de deur
achter zich dicht.
'We moeten met jou spreken,' zei mijn vader.
Ik knikte. Ze bleven staan.
'We hadden één uur gezegd,' ging mijn vader verder. 'Toen je er nog niet was waren we erg ongerust.'

Ik knikte weer.

'Daarom is mam naar je school gegaan. Omdat ze ongerust was. En wat er daarna... Had je gedronken?'

Ik schudde mijn hoofd.

'Liesbeth. Je had toch geen drugs gebruikt?'

Ik schudde mijn hoofd.

'Je moet binnenkort maar eens met dokter Veldman gaan praten. Maar ik wil wel dat je weet dat je je schandelijk hebt gedragen. Echt, dat kán niet. Dat kunnen we er hier niet bij hebben. Met alles wat er hier al gebeurt.'

Hij zag er moe uit. Het was me duidelijk dat hij dit alleen maar kwam doen omdat mijn moeder dit zo wilde.

'Het spijt me,' zei ik.

Het kostte me enorm veel moeite om dat te zeggen. Want ik had liever iets anders gezegd, neem dat van me aan. Iets spottends, iets wat rijmde op 'gebeurt'. Iets als 'niet gezeurd, dan wordt er niet getreurd'. Ik zei je al dat er soms onzinnige dingen door mijn hoofd gingen. Ze konden er trouwens nooit 'iets bij hebben'. Dat hadden ze nooit gekund. Het ging door me heen dat ze Tim en mij er beter ook niet bij hadden kunnen hebben.

'Je krijgt de komende maanden geen kleedgeld meer. En na school kom je direct naar huis.'

Ik knikte. Ik vroeg me af wat er rijmde op 'huis'.

'Had jij hier nog iets aan toe te voegen?'

Hoofdluis, dacht ik. Feestgedruis. Grijze muis.

'Komt dit door die vriendin van jou?' vroeg mijn

moeder. 'Heeft die je meegesleept?'

Ik schudde mijn hoofd.

Vastgetapet, dacht ik. Bontgestreept.

'Nou,' zei mijn vader. 'Dan laten we het hier maar bij.'

Ik knikte.

Appelgelei. Kandij. Rijstebrij.

'Goed,' zei mijn vader. 'Dan is het gesprek wat mij betreft nu wel klaar.'

De delegatie draaide zich om.

Ik bleef achter en mijn hoofd gloeide. Mijn hersens leken nu vol te zitten met watten. Een *gesprek* had mijn vader dit genoemd. Ik was daarna zo miserabel als ik van m'n leven nog niet was geweest. Alles zat opgesloten in mijn hoofd, en het had ze niks geïnteresseerd wat daarin rondspookte. Ze hadden hun eigen verhaal al gemaakt.

Ik ben niks, dacht ik. Ik zal altijd in dit huis blijven wonen. En er zal nooit iemand zijn die het interesseert wat ik doe. Kariboe. Kangoeroe. Toedeloe.

De verdere zondag ging ongelofelijk langzaam. Ieder moment keek ik op de klok, dan waren er weer twee minuten voorbij. Soms stond ik op, daarna ging ik opnieuw zitten. Alles om me heen was waardeloos. Ik probeerde te praten met de voorwerpen in mijn kamer, maar dat sloeg nergens meer op. Het waren dingen die me leken te *ontwijken*. Die gauw de andere kant op keken.

Alles om me heen leek achteloos en in zichzelf gekeerd.

32

Ik had slecht geslapen, woelend en met angstdromen. En heel vroeg in de morgen was ik wakker geworden, het was toen nog grijs buiten, en er zong een merel, hard en schel. Ik stond op en keek hoe de zon opkwam, vuil oranje, met paarse en gele vlagen in de lucht. Alsof alles in brand stond. Kort daarna liep ik naar school. Toen ik het plein bereikte kwam Suzan naar me toe lopen. 'Jezus!' riep ze al vanuit de verte. 'Hèhè! Daar is ze! Wat is er ge*beurd*?' 'Ik ben gevallen,' zei ik. 'Die nacht nog. Daarom heb ik niks van me laten horen.' 'Nee,' zei ik, voordat ze kon antwoorden. 'Ik ben niet geslagen door mijn ouders of zoiets. Dat gebeurde vroeger wel eens, maar dat durven ze niet meer.' 'Tjee,' mompelde Suzan. 'Zo... Nou... dat vind ik...' Ze wist totaal niet meer wat ze moest zeggen. 'Zo ging dat bij ons,' zei ik. 'Vroeger. Nu niet meer. Het geeft niet.' Het had een *begin* kunnen zijn. Maar Suzan zei: 'Dat vind ik belachelijk! Ik ben nog nooit geslagen! Mijn ouders zijn ook wel eens kwaad... Maar dan, nou ja, dan eten we een gebakje of zo en dan praten we over iets anders en dan gaat 't wel weer...' Dat ergerde me. Ik kan je niet goed zeggen hoe vreselijk me dat ergerde. Ze zwetste over zichzelf. Daar stond ze voor me, en ik wist precies hoe het zou moeten gaan; ik zou iets onbenulligs terug moeten zeggen, iets in de trant van: 'Goh, ja, ik wou dat het bij ons ook zo ging... Hoe was het feest trouwens voor jou?'

Maar dat kon ik niet meer. Ik kon het niet langer volhouden om *mee te doen*. Er was iets dichtgeklapt, met een dreun, en nu ging er iets anders open.

'Ja,' zei ik. 'Zo lossen jullie de dingen op, ja. Met vreten! Daarom is je moeder ook zo dik natuurlijk. En jij moet uitkijken. Je moet zorgen dat je niet net zo wordt als zij. Ze verveelt zich dood namelijk, daarom vreet ze de hele dag door alles wat ze te pakken krijgt. Daarom zit ze de hele dag voor de tv. Ergens is het zielig...'

Ik hoorde mezelf dit allemaal zeggen, en het verraste me. De woorden stroomden naar buiten zonder dat ik ze kon tegenhouden. En zonder dat het er iets toe deed.

Totaal verbluft keek Suzan me aan.

'Hè?!' riep ze toen. 'Zielig? Waar hèb jij het over?'

'Suzan,' zei ik. 'Luister even, ik-'

Ze maakte een ploffend geluid met haar mond.

'Ik zal nog eens bezorgd zijn om jou!' snauwde ze.

Ze draaide zich abrupt om en stapte weg.

Het deed me goed dat ze wegliep. Ergens was het wel rustig. Ik weet niet zeker wat ik anders nog tegen haar had gezegd.

Ik liep verder over het plein. Ik kwam langs Michael, hij keek naar me. Michael het holle vat. Michael die me had gekust. Onze briljante luchtgitarist. Ik wist dat hij bedrijfskunde wilde gaan studeren, niet omdat hij dat leuk vond, maar alleen omdat hij dacht dat hij dan rijk zou worden. Ik wist ook dat hij uit een

gezin kwam waar zijn ouders constant ruzie hadden...
Zo ging het daarna door. Met *iedereen* die toevallig
door mijn blikveld liep. Over iedereen wist ik van alles,
en nu scheen het opeens allemaal naar boven te moeten komen, hele geschiedenissen trokken langs, met
de snelheid van een vallend voorwerp, en het liefst had
ik het uitgeschreeuwd, had ik iedereen ter plekke uit-
gekafferd, had ik al die leerlingen hun zwakheden en
miskleunen in het gezicht gesmeten. Het was alsof ik
overal ellende zag, gezeik over niks en domheid. Nu ik
zoveel mensen om me heen had krijsten mijn hersens
het uit.
Ik begrijp nu nog niet dat ik er op dat moment niks
van liet merken.

33

Maar lang zou dat niet meer duren. Krijmborg kwam
het lokaal binnen.
'Zo jongelui!'
Veel leerlingen leken te verstijven. Krijmborg merkte het ook, dat viel me op. En het deed hem goed, het
was de sfeer die hij zelf had gemaakt.
'Ik ben zeer benieuwd naar jullie opstellen over Anne Frank, jongelui!'
Opstellen? Dat was waar ook, we hadden een verslag
moeten schrijven...
Het overviel me. Krijmborg zou het er niet bij laten zitten, dat deed hij nooit. Hij zou iets naars verzinnen...

Dát was dan het moment dat er echt iets leek door te breken. Ergens in mijn hoofd leek nu werkelijk iets kapot te gaan, een wand, een dam, een muur. Iets stroomde borrelend en sissend over.

Ik begon niet te schreeuwen. Ik stak mijn vinger omhoog.

'Ja?' zei Krijmborg.

'Ik heb geen opstel.'

'Waarom niet?'

'Ik ben gevallen,' zei ik.

'Briefje!' snauwde Krijmborg.

'Wat?' vroeg ik.

'Briefje van je ouders!'

Hij maakte een afgemeten, wenkend gebaar met z'n rechterhand.

'Ik heb geen briefje.'

Ik zag hem opfleuren.

'Ik weet het goed met jou gemaakt,' zei hij met een grijns. 'Dan mag *jij* voor de klas vertellen over onze dag in Amsterdam.'

Even nog was ik stil. Ik keek naar buiten. Naar de lucht, die nu grijs was.

Toen zei ik: 'Vergeet het maar.'

'Hè... Wát?' vroeg Krijmborg.

'Ik zei: nee. Zoek maar een ander slachtoffer.'

Ik zorgde dat ik hem niet aankeek. Maar hij werd opgewonden, dat voelde ik, hij werd zo opgewonden als een jachthond die een haas ruikt. Hij kwam in mijn buurt staan, ik rook de scherpe geur van zijn zweet.

'Zou u dat even kunnen herhalen, juffrouw Skibner?'

'Dat zou ik kunnen doen,' zei ik. 'Maar u heeft me allang gehoord.'

'Kijk me aan als ik tegen je spreek, jij! Wilt u verwijderd worden, juffrouw Skibner?!'

Ik keek nu naar de vloer.

'U geniet hiervan, hè,' zei ik.

'Wát? Wát zei jij daar?!'

'Dat u hiervan ge*niet*!' zei ik net zo hard.

'Ik denk dat u als de sodemieter moet opsodemieteren!' blafte Krijmborg.

'Doe ik niet.'

'Wat?'

'Zwarte kat.'

Ik werd plotseling vastgepakt bij een arm. Het was een harde greep die me pijn deed. Ik rukte me los en daarbij viel ik op de grond. Even wist hij niet meer wat hij moest doen, dat zag ik.

'Je vrouw is ziek!' riep ik opkrabbelend.

Zijn gezicht veranderde. Hij keek uit het veld geslagen in mijn richting. Ik keek terug en had de indruk dat hij schrok van mijn blik.

'Je vrouw is ziek!' zei ik weer. 'Ze zit te hoesten in de auto. En u bent vroeger gepest. Ze hebben u gras laten eten! En ze hebben u in de sloot gegooid!'

'Wat zei jij?' vroeg hij bijna fluisterend.

'U bent een vuile lafaard!' zei ik. 'Dat vindt iedereen! Ook de andere leraren vinden u achterbaks en egoïstisch. Ze lachen alleen maar om uw grapjes uit beleefdh-'

Opnieuw werd ik vastgepakt, dit keer bij mijn polsen. Voordat ik nog iets kon zeggen sleurde Krijmborg me naar buiten, en achter zijn rug knalde hij de deur dicht.

Op de gang werd ik weer op mijn voeten gezet. Zijn hoofd was nu vlak bij mijn gezicht. Het zweet droop langs zijn slapen omlaag.

'Jij...' siste hij hijgend. 'Jij moet niet denken dat...'

'Als u mij nog één keer aanraakt dien ik een klacht in,' zei ik. 'Uw vrouw is ziek. En ze durft het niet eens tegen u te zeggen! Als u me aanraakt ga ik gillen!'

Even keek hij me nog aan. Met razernij in zijn ogen. Toen draaide hij zich om en beende weg door de gang.

Een paar seconden wist ik niet meer wat ik moest doen. Ik zweefde. Ik had de aanvechting om als de bliksem weg te lopen uit school. Naar buiten. Weg.

Maar ik stapte weer binnen in het roerloze klaslokaal. Het maakte niets meer uit. Als je valt, dan val je.

Voorin ging ik zitten, aan de tafel van Krijmborg.

34

Iedereen keek me glazig aan. De leerlingen waren verbijsterd, dat was duidelijk. Ik was er wel tevreden over. Ondanks het feit dat ik huiverde en rilde, was ik tevreden. Eindelijk gingen de dingen een keer *anders*.

Het was Egbert die als eerste een vraag stelde.

'Hé euh... Libby,' begon hij. 'Ben jij gek geworden of zo?'

'Wat is dat nou voor vraag?' zei ik.

Egbert keek om zich heen.

'Die dingen die je daarnet hebt gezegd...' zei hij.

'Over Krijmborg... Waar heb je die gehoord?'

'Van hemzelf,' zei ik. 'En die dingen heb ik niet gehoord, die dingen heb ik gezien.'

Ik had wel lol in wat ik zei. Het was een soort van spelletje. Het was niet belangrijk, het waren maar woorden. Ik moest alleen maar iets verzinnen om het geloofwaardig te maken. Om logisch te klinken.

'Gezien?' vroeg Egbert. 'Hoe dan?'

'Ik ben gevallen,' zei ik. 'Afgelopen weekend. Ik ben uitgegleden en op mijn hoofd gevallen. Nu weet ik alles van iedereen die in mijn buurt komt.'

Egbert begon snuivend te grinniken. Een paar jongens deden met hem mee, maar niet overtuigd.

'Moet ik je wat over jezelf vertellen?' vroeg ik.

Ik amuseerde me kostelijk.

'Over mij mag iedereen alles weten!' zei Egbert. 'Doe je best maar.'

En hij spreidde zijn armen branieachtig uit.

'Oké,' zei ik. 'Je vader noemt je Bullie. Dat doet hij omdat hij denkt dat je z'n opvolger bent in de mayonaisefabriek. Hij vindt zichzelf een soort van mayonaisekoning, en wat hem betreft ben jij dus een mayonaiseprins. Daarom krijg je alles, zonder dat je daar iets voor hoeft te doen. Vorig jaar was je bijna blijven zitten, maar je vader heeft toen de schoolleiding omgekocht. Hij heeft een gedeelte van de nieuwe overblijfruimte betaald.'

Egbert werd vuurrood.

'Verder probeer je steeds mensen pijn te doen, zodat ze tenminste zullen reageren. Dat vind jij blijkbaar leuk. Er is een tijd geleden ook iets met een dronken zwerver gebeurd, nadat je uit was geweest. Maar dat-'

'*Nee!*' riep Egbert. '*Nee...*'

Hij keek panisch om zich heen. Hij hield een hand tegen zijn mond. Toen stond hij op, graaiend naar zijn tas. Hij rende weg uit de klas.

Ik grinnikte zacht. Iedereen keek weer naar mij. Sommigen verbaasd en anderen angstig.

'Willen jullie nog meer weten?' vroeg ik.

'Ik wel,' zei een jongen, ene Ruben.

Ruben hoorde nergens bij. Hij leed daar niet onder, hij leek genoeg te hebben aan zichzelf. Ik wist dat hij slim was, en dat hij alleen maar de tijd afwachtte dat hij verlost zou zijn van school. Hij was degene die uit-vinder zou worden...

'Wat dan?'

'Jij ziet dus dingen,' zei Ruben.

'Ja.'

'Van ons allemaal?'

Ik knikte.

'En dat komt doordat je bent gevallen?'

'Ja,' zei ik. 'Ik ben gevallen en nu is het net alsof m'n hersens veranderd zijn. En daardoor kan ik dingen zien die voor de meeste mensen onzichtbaar zijn.'

'Waarom gebeurt dat dan niet met meer mensen? Mensen vallen zo vaak, toch?'

'Misschien moet je er aanleg voor hebben. Hoe het precies werkt weet ik ook niet.'

Hij lachte naar me. En ik lachte terug. Het ging door me heen dat hij me misschien doorhad. Hij was er helder genoeg voor. Verder viel het me op dat hij groene ogen had, in een bijna knap gezicht...

Ik zag dat hij nog meer wilde vragen, en weer had het allemaal anders kunnen lopen. Misschien was ik een paar seconden later wel in lachen uitgebarsten en had ik geroepen: 'Laat maar zitten verder! Het was een grap!'

Maar de deur van het lokaal ging open en Lammers kwam binnendraven.

'*Wat* is hier gebeurd?!'

Iedereen keek hem zwijgend aan.

'Frits is naar huis gegaan! Meneer Krijmborg bedoel ik! Hij was totaal over de rooie! Hebben jullie dat gedaan?!'

Iedereen keek nu opnieuw naar mij, ook Lammers.

'Wat doe jij voor de klas?'

Ik haalde mijn schouders op. Lammers keek spiedend om zich heen.

'Waar is Egbert?'

'Weggegaan,' mompelde Raoul.

'Onze Bullie is de overblijfruimte aan het inspecteren,' zei Michael.

'Onze mayonaiseprins,' zei Sander.

En plotseling schokte een lach door de leerlingen. Iedereen keek elkaar aan, en steeds harder begon iedereen te schateren.

Lammers lachte als enige niet mee.

'Ik begrijp er niks van,' zei hij dreigend. 'Maar ik kan jullie zeggen dat ik er nog wel achter kom. Ik ga tot op de bodem uitzoeken wat hier aan de hand is!'

'Rustig nou maar,' zei ik. 'Het komt door mij.'

35

In een kleine, witte kamer zat ik tegenover Lammers.
'Liesbeth, wat is dit allemaal?'
'Ik heet Libby. Ik zie dingen, geloof ik.'
'Wat?'
'Wat ik zeg. Ik ben dit weekend gevallen, en sindsdien zie ik dingen.'
Ik hield het vol. Wat moest ik anders? Ik had helemaal geen behoefte om Lammers het soort van dingen te zeggen als ik net had gedaan bij Krijmborg en Egbert. Maar als je ergens aan bent begonnen moet je ermee doorgaan. Blijkbaar is er dan een of andere onzichtbare kracht waardoor je ermee doorgaat, en *ga* je ermee door. Hoe idioot je jezelf ook vindt.
'Wat voor dingen?'
'Waar mensen mee bezig zijn.'
'Mee bezig zijn? Hoe bedoel je?'
'U heeft een dochtertje van vijf van wie u veel houdt. U zou liever een baan hebben gehad in de politiek dan als leraar, want u denkt dat u hier niet opvalt. Maar de leerlingen zijn wel op u gesteld, en dat is iets bijzonders... Soms rookt u hasj, samen met uw vrouw. Verder is uw moeder een paar maanden geleden overleden. Soms houdt u gesprekken met haar, 's ochtends in bed, voordat de school begint.'
Ik zei het achteloos. En, jezus, ik hoopte dat hij alleen maar zou zeggen: 'Ja, dat weet toch iedereen.' Of: 'Dat zul je wel ergens hebben gehoord.' Dat hoopte ik echt. Dan kon ik er verder mee ophouden.
Maar nee, zijn ogen puilden bijna uit hun kassen.

'Dat... Dit... Liesbeth!'

'Libby. Ik heet Libby.'

Lammers duwde zijn vingertoppen voor zijn mond tegen elkaar. Als mensen verrast zijn gaan blijkbaar altijd hun handen naar hun mond.

'Hoe weet je dit allemaal?'

'Ik zie dat soort dingen gewoon.'

'Hoe komt dit? Had je dit al?'

Ik vertelde van het feest. Ik vertelde hoe mijn moeder bij de kapstokken had gestaan, en hoe ik niet kon ademen. Hoe ik wat later was gevallen. Ik vertelde veel, ik maakte er een prachtig verhaal van. Het beviel me ergens wel weer, dat verhaal.

Toen was ik klaar. In de verte hoorden we leerlingen praten en roepen, en er krijsten meeuwen boven het dak van de school.

'Soms,' zei Lammers langzaam, 'soms gebeurt er iets wat niemand kan verklaren...'

'Ja,' zei ik. 'Verklaren kan ik het ook niet.'

'Maar wat was dat nou in de klas daarnet?'

En dus vertelde ik hem ook nog over Krijmborg.

'Ik heb hem nu,' zei ik afgemeten, 'een paar dingen over hemzelf verteld.'

'En Egbert van der Waal?'

'Hem ook,' zei ik. 'Hij vroeg erom, die eikel.'

Lammers knikte. Hij stond op.

'Kijk Lies... eh... Libby,' zei hij gewichtig, 'al in vroeger tijden waren er bepaalde vrouwen met inzicht...'

'Heksen,' zei ik. 'Leuk dat u daarbij aan mij denkt.'

Lammers begon te grinniken.

'Libby, luister nog even naar me...'

'Ik weet het,' zei ik. 'Ik moet voorzichtig zijn.'

'En-'

'Ja,' zei ik. 'Ik heb een bepaalde gave, misschien, en die moet ik niet misbruiken.'

'Ik weet niet wat ik verder nog tegen je kan zeggen,' zei hij toen zuchtend. 'Misschien moet je onderzocht worden.'

'Als ik daar tenminste zin in heb,' zei ik.

'Ik moet hierover nadenken,' zei hij. 'Maar in de tussentijd... Nou ja. Hou het maar een beetje voor jezelf. Ook wat je nu over mij weet, bedoel ik.'

Ik stond op. Vlak voordat ik de deur opende, vroeg Lammers nog: 'Libby?'

'Ja?'

'Denk je dat ik echt gesprekken heb met mijn moeder?'

'Ik heb geen idee,' zei ik.

36

Je moet uitkijken met wat je zegt, dat weet ik nu wel. Maar dat kon me niets meer schelen. Ik was nog steeds in een vreemde bui. Jezus, wat was ik raar. Het zal wel door die klap zijn gekomen. Of door die gestoorde weken daarvoor. Ik voelde me in ieder geval als een koningin. Alsof ik overal boven stond en niks me kon raken. En ik voelde me alsof ik niets meer te verliezen had, dat ook. Ik dacht bovendien intussen dat ik iedereen met mijn woorden kon bezweren. Al die ideeën kun je blijkbaar tegelijkertijd hebben.

De eerste pauze was begonnen toen ik de overblijf-ruimte binnenliep. Het werd, alweer, direct muisstil. Het was of iedereen bevroor.

'Daar is ze!' hoorde ik van wel zes kanten.

Mijn vriendinnen kwamen bij me staan.

'Libby...' zei Suzan.

Haar gezicht was angstig, wat het nooit eerder was geweest.

'Ja,' zei ik. 'Ik ben nog steeds gewoon Libby, hoor.'

'Meende je al die dingen, daarnet?' vroeg ze. 'Die dingen van vanmorgen over m'n moeder en zo?'

'Natuurlijk meende ik dat,' zei ik.

En dat was waar. Het was gemeend geweest.

Ik had haar nu nog wel wat anders willen zeggen, maar Evelien kwam ertussen.

'Hé Libby! Kun je ook iets over mij vertellen?'

'Als je wilt,' zei ik.

'Yes! Krijg ik een mooie vent later?'

'Dat weet ik niet,' zei ik. 'Ik zie vooral dingen in het nu.'

'Wat zie je dan?'

'Dat je bang bent voor onweer en voor insecten. Dat je de wereld vooral ziet als iets dat je kan gebruiken, alsof de wereld gemaakt is voor jouw plezier. Je moeder heeft smetvrees, daarom is het belachelijk netjes bij jullie thuis. Dat ergert je vaak, en soms zou je daarom willen weglopen...'

'En ik?' vroeg Joyce.

'Jij eet te weinig. Als je zo doorgaat krijg je anorexia. Verder ben je verliefd op Suzan. Maar je doet net alsof

je verliefd bent op Sander of op Jochem, want je bent
bang dat wij je anders zullen afkeuren...'
Joyce werd bleek. Verwilderd keek ze om zich heen.
Toen wendde ze zich af.
'En ik?' vroeg Rachel.
'Het was jouw idee om mij bij het groepje te halen.
Maar je durfde me zelf niet te vragen. En dus heb je
dat Suzan laten doen. En toen bleek dat Suzan me wel
mocht en toen was je jaloers. Dat ben je nog steeds vaak,
niet alleen op mij, maar op meer mensen. Je denkt vaak
dat mensen veel minder moeite hoeven doen dan jij
om iets voor elkaar te krijgen. O, trouwens, je broertje
leest in je dagboeken als jij er niet bent.'
'Shit, m'n dagboeken!' riep Rachel.
Een hele menigte stond me intussen aan te gapen.
Al die leerlingen begonnen nu vragen te roepen, alle-
maal door elkaar.
'En ik?!'
'Hé, wat zie je bij mij?!'
'Dingetje! Word ik later rijk?'
'Krijg ik een platencontract?'
'Hoeveel kinderen krijg ik?'
'Ga ik ten minste over, dit jaar?!'
Ik stak mijn handen boven mijn hoofd. Het geroep
bedaarde weer.
'Misschien,' zei ik, 'kan ik een soort van spreekuur
houden...'

37

Zo liepen we naar buiten, waar de zon scheen, waar het voorjaar was, en het was geweldig om met z'n allen het muffe schoolgebouw achter ons te laten. Ik liep voorop, Evelien en Rachel volgden me op de voet, en daarachter kwam een stoet van mompelende leerlingen. Even was ik trots, het was net alsof ik daar ging met m'n eerbiedige hofhouding.

Dat was zo'n goed gevoel. Ik werd door iedereen gevolgd! De leerlingen letten op elke beweging die ik maakte. Ik was niet langer niks of niemand. Het was alsof ik een popster was geworden, een prinses, een heilige...

Achter een van de gymlokalen was een vaart en daarnaast, onder de takken van twee ruisende eikenbomen, stond een bank. Ik keek naar die vaart, waarin de lucht en de takken werden weerspiegeld. Ik ging zitten.

'Een voor een,' zei ik tegen Evelien en Rachel. 'Anders word ik gek. Kunnen jullie dat regelen?'

'Gaan we er geld voor vragen?' vroeg Evelien giechelend.

Intussen ontstond een rij van al die leerlingen die daar braaf in het zonlicht stonden te wachten; hun schaduwen vormden een lange baan over het kortgemaaide gras.

Als eerste kwam een jongen uit een hogere klas bij die bank staan. Hij grinnikte schaapachtig.

'Nou, vertel maar,' zei hij.

'Wat wil je weten?' vroeg ik.

'Hoe heten mijn ouders?'

'Miranda en Jerome Nauta.'
De wenkbrauwen van de jongen – hij heette Hans –
gingen omhoog.
'Je ouders staan op scheiden. Weet je waarom?'
'Wát?'
'Wist je dat niet?'
Hans schudde zijn hoofd. Van zijn onverschillig-
heid was niks meer over.
'Je moeder gaat vreemd. Ze heeft een vriend die
Anton heet.'
'Oom *Anton*...?'
'Wil je nog meer weten?'
'Blijven m'n ouders ten minste bij elkaar?'
'Weet ik niet,' zei ik.
'Kun jij daar niet iets aan doen?'
'Nee,' zei ik kalm. 'Ik kan je alleen maar dingen ver-
tellen.'
Hans haalde zijn schouders op.
'Wat moet ik nou doen dan?'
'Je kunt met je ouders gaan praten.'
'Zo zitten wij niet in elkaar,' zei Hans.
'Misschien moeten jullie dat dan eens leren.'
'Makkelijk gezegd.'
'Denk je?'
'Jij vindt dit zeker grappig.'
'Je bent zelf naar me toe gekomen.'
Hans keek me niet langer aan. Hij keek in de verte.
'Fuck!' zei hij hard.
Toen liep hij weg.
Iedereen in de rij keek hem na. Iedereen zag zijn
hangende schouders, zijn sloffende tred, en het maak-

te indruk. Iedereen had eerst nog staan kletsen, alsof het een picknick was. Maar nu drong het tot alle leerlingen door dat hier *werkelijk* iets gebeurde, iets echts, iets onvoorspelbaars. En dat was niet alleen maar interessant meer, voor sommigen was dat blijkbaar angstaanjagend. De rij verstomde. Een enkeling maakte zich al los, en sjokte terug naar het schoolgebouw. Natuurlijk waren dat juist degenen die ik het meeste had kunnen vertellen...

'Dankbaar type,' zei Evelien, die de rug van Hans nakeek.

'De volgende!' riep ze.

Een meisje kwam naast me zitten.

'Nou,' zei ze. 'Ik eh...'

'Jij denkt dat je geesten ziet,' zei ik. 'Maar dat is inbeelding. Je wilt gewoon graag bijzonder zijn. Je denkt dat je saai bent.'

'Ik eh...'

'Je bent ook een beetje saai. Maar dierenarts worden lijkt me best een goed idee.'

'Ja?'

'Waarom niet. Als je maar niet de hele tijd denkt dat het eigenlijk gestorven mensen zijn of oude zielen of zoiets. Dat is onzin. Dieren zijn gewoon dieren.'

'O... Ja...'

En weg was het meisje weer.

'Volgende!' zei Evelien.

De Indiase jongen kwam bij me zitten.

'Ik geloof je!' zei hij.

'Weet ik,' zei ik. 'Jullie geloven thuis in wonderen.'

'Ga door,' zei hij.

'Je moet eens wat aardiger zijn voor je moeder,' zei ik.

'Wacht,' zei hij. 'Ik schrijf het even op.'

Hij pakte een blocnote. Achter de gymlokalen ging nu de zoemer van de school. De pauze was voorbij. Opnieuw liepen een paar leerlingen terug, dit keer de grootste braveriken; maar de meeste leerlingen bleven staan wachten.

'Oké,' zei de Indiase jongen, met een pen in de aanslag. 'Ik ben er helemaal klaar voor.'

'Oké,' zei ik. 'Het belangrijkste is dat je beter luistert. Want dat doe je nauwelijks. Je bent te veel bezig met je eigen gedachten, en met voetbal. En trouwens, nee, je wordt geen profvoetballer later, daarvoor ben je te lui en hou je te veel van lekker eten...'

38

Ik had met wel dertig leerlingen gesproken toen Jochem de Wilde kwam aanmarcheren, in zijn eeuwige trainingsbroek. Hij was kwaad. Hij was zichtbaar woedend dat de leerlingen spijbelden van zijn kostbare lessen.

'Wat *is* dit hier?!'

Sommige leerlingen schrokken erg, en dat was ook z'n bedoeling geweest. Nu merkte hij op dat dit geen lukraak groepje was, maar een rij.

'Gaat dit van school uit?' vroeg hij bars.

Hij kreeg geen antwoord. Hij kwam naast mijn bank staan.

'Wat voer jij hier uit?!'

'Ik vertel leerlingen dingen die ze meestal al weten,' zei ik.

'Heb jij daar toestemming van school voor gekregen?'

'Nee,' zei ik.

Jochem rechtte zijn rug.

'Iedereen gaat nu on-mid-del-lijk terug naar de les! Nee! Eerst naar de conciërge! Die zal jullie namen noteren en daarna zullen we nog zien wat voor straf jullie krijgen!'

'Rustig, Jochem,' zei ik.

'Wat?'

'Je hebt me gehoord. Dit zijn belangrijker dingen dan school.'

'Belangrijker dan s... Zeg, dit gaat *echt* te ver! Sta jij, om te beginnen, eens even als de bliksem op!'

Ik keek hem aan.

'Het komt alleen maar door je eigen ijdelheid dat ze is teruggegaan naar Iran,' zei ik.

'Hè... Wat... Wie...' stotterde Jochem.

'Je grote liefde.'

Zijn mond zakte open.

'Aààach...' hoorde ik Evelien achter me mompelen.

'Je hebt je behoorlijk stom gedragen,' ging ik verder. 'Ze was waarschijnlijk echt gek op je. Maar jij moest zo nodig doen alsof het je allemaal niks interesseerde. Alsof je wel iets beters kon krijgen. Het is je eigen schuld geweest.'

Zoveel wist ik eigenlijk niet van Jochem. Voor een gedeelte zat ik maar wat te gokken. Het werkte wel.

Het was of hij ineenschrompelde.

'Ik weet het,' zei hij toonloos.

'Het spijt me voor je,' zei ik.

'Ik heb *zo* vaak iets willen zeggen,' mompelde hij.

'Jochem, je moet het jezelf niet kwalijk nemen.'

Dat kwam van Evelien, achter me.

Jochem ging met een ruk rechtop staan.

'Iedereen terug naar de klas!' brulde hij nu, met zoveel kracht dat alle leerlingen dit bevel opvolgden. Overleggend, in groepjes, liep iedereen langzaam weg. Alleen Rachel, Evelien, Jochem en ik bleven over bij die bank.

'Ik had al iets gehoord van Lammers,' zei Jochem. 'Flauwekul dacht ik. Maar het is dus... waar.'

Ik knikte.

'Ga maar naar huis,' zei hij. 'Liesbeth, je kunt beter naar huis gaan.'

'Libby. Ik heet Libby. Waarom?'

'Omdat de lessen moeten doorgaan. En met iemand als jij erbij... Ik begrijp nu wel dat iedereen zo reageert, maar... je moet maar naar huis gaan. We gaan er nog over praten.'

'Zal ik haar thuisbrengen?' vroeg Evelien.

'Ze is niet ziek,' zei Jochem. 'Toch?'

'Nee,' zei ik. 'Alleen maar helderziend.'

39

Ik fietste naar huis. Mijn moeder stond af te wassen toen ik binnenkwam.

'Je bent vroeg,' zei ze.

'De laatste uren vielen uit,' zei ik.

Ze knikte.

'Mam?'

'Ja?'

'Die foto op de kast, wanneer is die gemaakt?'

'Op een studentenavond,' zei mijn moeder.

'Waarom waren jullie toen zo vrolijk?'

Ze haalde haar schouders op.

'We dansten samen...' zei ze. 'En alles moest toen nog beginnen. En je vader...'

'Ja?'

'Je vader zat vol plannen. En ik was eindelijk bevrijd uit huis.'

'Bevrijd uit huis?'

'Ja,' zei mijn moeder. 'Zo ging dat. Met mij in ieder geval. Ik heb ook nog op kamers gewoond. Maar dat vond ik alleen maar moeilijk. En toen kwam je vader.'

Ze glimlachte. Die glimlach was een warme bries die door de keuken streek.

'Maar je wilde toch dansen?'

Haar mond verstrakte.

'Doe maar niet,' zei ze.

'Jij kunt toch wel eens iets vertellen? We-'

'Liesbeth. Je hebt straf. Ga naar je kamer.'

Ik dacht dat ik nu iets droevigs zag. Iets treurigs om haar mond. Maar ik *haatte* haar op dat moment! Ik haatte haar rijzige gestalte, haar verzorgde haren en haar strakke mond.

Ik zeg niet dat ik daarvoor had gekozen, echt niet. Alles werd er opnieuw lelijk van. Benauwd.

Ik maakte dat ik wegkwam.

En dus zat ik weer eens op mijn kamer, en ik had erge zin om iets kapot te gooien.

Ik hoorde Tim thuiskomen. Ik hoorde hem lopen op de trap. Het klonk lusteloos.

40

De volgende ochtend werd er gebeld.

Ik was net te laat bij de telefoon, mijn moeder was me voor.

'O ja?' hoorde ik haar vragen.

Ze keek priemend in mijn richting.

'Dat was een leraar van jouw school,' zei ze, nadat ze had opgehangen. 'Ene meneer Lammers. Hij wil dat we komen praten.'

Ik fietste naar school, en intussen reed mijn moeder dezelfde weg met de auto. Ik was benauwd. Ik wist niet wat me te wachten stond. Aan de andere kant verheugde ik me er bijna op. Ik zat in de rats en tegelijkertijd verheugde ik me erop dat mijn moeder nu zou moeten luisteren. Dat ze daartoe gedwongen zou worden.

We ontmoetten elkaar bij de poort. We liepen naar de kamer van Lammers. Ik klopte aan. Hij zat achter zijn bureau. Hij schudde de hand van mijn moeder en gebaarde naar een stoel.

'Goed,' zei hij toen we zaten.

Hij tikte met een wijsvinger tegen een wang.

'U weet wat er aan de hand is?'

Hij liet er geen gras over groeien. Mijn moeder schudde haar hoofd.

'Er hebben gisteren enkele merkwaardige voorvallen plaatsgevonden. Om te beginnen heeft Liesbeth ruzie gekregen met een leraar. Nou komt dat wel eens vaker voor. Maar ze heeft die leraar een aantal dingen gezegd die... opmerkelijk waren. Later is ze naar buiten gegaan met een groep leerlingen... Maar heeft u daar werkelijk *niets* van gehoord?'

'Nee,' zei mijn moeder verwonderd. 'Niets.'

Ik zorgde dat ik haar niet aankeek.

'Liesbeth heeft vervolgens van alles verteld. Aan de leerlingen die om haar heen stonden. Alsof ze plotseling van alles wist over iedereen. Wat ik maar wil zeggen is dat ze zich volkomen anders gedraagt dan ze altijd deed... Heeft u misschien enig idee hoe dit zo is gekomen?'

'Ze is gevallen,' zei mijn moeder aarzelend. 'Op haar hoofd. Na dat schoolfeest.'

Ze zweeg. Het was duidelijk dat dit haar overviel. Het was duidelijk dat ze iets verwacht had over slechte cijfers, of over dat feest – maar niet *dit*.

'Ze lijkt nu helderziend te zijn,' zei Lammers.

Mijn moeder keek totaal verrast opzij.

'Helderziend?' zei ze zacht.

'Tja,' zei Lammers. 'Ik weet dat je nogal voorzichtig moet zijn met het doen van dat soort uitspraken... Maar het zal u toch niet zijn ontgaan dat ze plotseling inzichten heeft die ze eigenlijk niet kan hebben.'

Mijn moeder haalde haar schouders op. Ze begreep er niks meer van.

Lammers kneep zijn ogen dicht.

'Uw dochter,' zei hij toen, 'heeft gisteren dingen verteld aan leerlingen die ze blijkbaar *zag*. Zaken die persoonlijk waren. Privé. En veel van wat ze zei bleek te kloppen... Het gevolg is dat sommige leerlingen zich nu ziek hebben gemeld. En ook enkele leraren trouwens. De heer Krijmborg heeft een lang, onbetaald verlof genomen en ook de heer De Wilde heeft zich afgemeld... U moet dit allemaal niet onderschatten. Dit alles komt enkel en alleen door de dingen die uw dochter heeft uitgesproken.'

'Ik...' zei mijn moeder. 'Ik... weet werkelijk niet wat...'

Mijn moeder stotterde. Ze was volkomen van haar stuk gebracht.

'Ook aan mij heeft ze het nodige verteld,' ging Lammers verder. 'Maar dat doet eigenlijk niet terzake! Waar het me eigenlijk om gaat nu, is dat dit zo niet kan doorgaan... En daarom...' – hij wendde zich naar mij – 'daarom moet ik Lies... eh Libby verzoeken of ze dit niet meer wil doen.'

'*Libby*?' vroeg mijn moeder verward. 'Wie is Libby?'

'*Wat* niet meer doen?' vroeg ik.

'Mensen vertellen wat je allemaal ziet,' zei Lammers.

'Ik heb alleen maar geprobeerd om te helpen,' zei ik.

'Ik denk dat dat niet goed is.'

'Waarom niet?'

'Mensen kunnen er niet tegen. Weet je, Libby... De

meeste mensen zijn niet helemaal eerlijk. De meeste mensen hebben ideeën over zichzelf die niet helemaal kloppen. Daardoor kunnen ze verder.'

'Maar... de waarheid... Dat is toch eerlijk?' vroeg ik.

'Ja,' zei Lammers. 'Maar die eerlijkheid moet je maar aankunnen, begrijp je? Als je altijd tegen jezelf hebt gezegd dat je een aardige vent bent, en op een dag komt er iemand die zegt dat je eigenlijk een rotzak bent, en degene die je dat zegt is helderziend, nou, dan weet je niet meer wat je voor jezelf eh...'

'Dan kun je veranderen,' zei ik.

'Misschien,' zei Lammers. 'Maar het kan net zo goed dat alles dan instort. En daar moet je maar weer overheen zien te komen. Als je dat al kunt! Voor sommige mensen is het gewoonweg te *veel*, begrijp je?'

Ik zei niks.

'Je moet maar zeggen dat je niks meer ziet,' vervolgde hij. 'En misschien moet je eens gaan praten met een specialist... Iemand die je hiermee kan helpen... Maar op dit moment moet je je weer gewoon proberen te gedragen. Zoals vroeger. Zoals je was voordat je viel. Aardige, leuke Liesbeth. Begrijp je?'

Ik knikte.

Het maakte me treurig. Het maakte me op dat moment onnoemelijk treurig dat zelfs Lammers erin gevlogen was. Jezus, ik had wel wat uitgehaald. Ik had voor één halfgare keer mijn mond opengetrokken, ik had alleen maar uitgesproken wat iedereen kon zien die niet helemaal stekeblind was – en meteen dacht men dat je een medium was, een soort van profeet...

Maar dat verzoek kwam me wel uit. Want eerlijk gezegd zag ik er tegenop om weer zogenaamd van alles te moeten *zien*. Om opnieuw die rol te moeten spelen van de alwetende wijze, die op een bank diepzinnigheden zit uit te braken.

'Ik zal niks meer zeggen,' zei ik.

41

Daarna stond ik met mijn moeder in de gang. Ze was verbijsterd. Ze snapte er geen jota meer van.

'Liesbeth...' zei ze.

Nu gaan we praten, dacht ik. Ik wachtte af. Maar het was alles. Meer kon weer niet, blijkbaar.

'Ik moet naar les,' zei ik. Een dikke leugen, want het was pauze.

Even vertrok toen mijn moeders gezicht. Bijna alsof ze op het punt stond om te gaan huilen.

'Liefje...' zei ze.

Ze schudde haar hoofd. Toen stapte ze opeens weg.

God, ik was verward op dat ogenblik. Ik had *zo* graag gewild dat ze nog meer zou zeggen, datgene wat zou kunnen volgen op dat 'Liefje...'.

Ik keek naar haar rug en ik dacht: je kunt de hele dag Goethe en Dickens lezen, en toch behoorlijk dom zijn. Wat heb je aan al die personen die diepe en grappige dingen zeggen, als je er niets van *leert*? Als je die dingen niet toepast op je leven?

Ik had haar willen naroepen. Maar ze was alweer om een hoek verdwenen.

Ik liep door de gang naar beneden. Hier en daar stonden leerlingen, en ik werd nagestaard. Een paar leerlingen deden zelfs een stap opzij terwijl ik langskwam. Dat irriteerde me. Toen was ik in de overblijfruimte en daar zag ik Suzan en Rachel staan. Ze begroetten me onzeker. Dat irriteerde me ook. Ze begroetten me alsof ik een soort van gevaarlijke gek was.

'Waar zijn Evelien en Joyce?' vroeg ik.

'Joyce weet ik niet,' zei Suzan. 'Maar Evelien heb ik gebeld. Ze moet thuisblijven. Maar wist je dat niet al?'

'Nee,' zei ik. 'Hoe zou ik dat moeten weten?'

Intussen kwamen de leerlingen weer om me heen gedrongen. Zwijgend keken ze me aan, met iets van spanning. Als een muur van gezichten.

Rachel, viel me nu op, had een schram op haar voorhoofd.

'Hoe kom jij aan die schram?' vroeg ik.

'Ruzie met m'n broertje,' zei ze kortaf. 'Moet ik jou dat uitleggen?'

'Ik weet niks meer,' zei ik gauw. 'Het is alweer voorbij.'

'Hè...?' zei Suzan. 'Eerst zeg je dat je alles weet en vertel je iedereen... nou ja, allerlei rare dingen. En nou weet je opeens niks meer?'

Ze zag er geschokt uit. En ze vertrouwde me niet meer, je hoefde niet helderziend te zijn om dat te zien.

'Libby?' vroeg een jongen. 'Jij bent toch Libby? Ga jij vandaag weer naar buiten?'

'Nee,' zei ik.

'Waarom niet?' vroeg de jongen.

'Het is klaar,' zei ik. 'Dat is alles.'

'Klaar? Hoezo klaar?'

'Ik weet niks meer.'

'Hoe kan dat nou? Je hebt gisteren... Was dat dan een truc of zo?'

'Nee,' zei ik. 'Het was hartstikke echt. Maar nu is het gewoon weer klaar. Ik heb genoeg vragen beantwoord.'

Iedereen begon te mompelen.

'Hoe kan dat nou?' vroeg een ouder meisje. 'Je hebt gisteren op die bank van alles verteld aan iedereen. Dingen die behoorlijk heftig waren! Hoe kon je dat dan weten?'

'Ja Libby!' riep Raoul van een afstand. 'En Egbert dan? Die heb je weggepest met die toverkracht van je!'

'Mag ik even jullie aandacht?'

Iedereen draaide zich om. Lammers stond achter de menigte.

'Luister even naar mij. Ik begrijp dat jullie je afvragen wat er allemaal gebeurd is gisteren. Maar ik kan jullie zeggen dat alles nu weer normaal is! Lies... Eh, Libby heeft jullie niets meer te vertellen en jullie moeten ophouden met het stellen van vragen. Oké? Het kan zijn dat ze iets bijzonders heeft meegemaakt. Maar dat is nu weer voorbij! En daarom gaat iedereen haar van nu af aan met rust laten!'

Even stokte zijn stem.

'Ben ik duidelijk?' vroeg hij toen hard. 'Als ik merk dat Libby nog wordt lastig gevallen, als zij bij mij komt klagen over iemand, dan zal die iemand dat bezuren! Ja?!'

Er werd onwillig geknikt. Een paar leerlingen sjokten al weg uit de overblijfruimte. Anderen gingen in afgesloten groepjes staan fluisteren.

Lammers wachtte tot iedereen in m'n directe omgeving was afgedropen. Daarna knikte hij me toe en verdween.

'Nou,' zei Rachel. 'Ik moet naar de plee.'

Ze draaide zich van me af.

'Ja,' zei Suzan.

'Kom op,' zei ik. 'Wat is dat nou?'

Ze keek een andere kant uit.

'Gaan we vanmiddag naar het winkelcentrum?' vroeg ik.

Ze haalde haar schouders op.

'Neu,' zei ze toen. 'Ik heb iets. Iets met m'n moeder.'

En ook zij liep weg.

Tijdens de schooluren die er verder nog waren te gaan, staarden veel leerlingen in mijn richting, mompelend tegen elkaar, maar ze zwegen als ik te dichtbij kwam.

Eén jongen fluisterde me nog toe: 'Kan het niet vanmiddag na school?'

Maar toen ik mijn hoofd schudde, draaide ook hij zich van me af, alsof ik hem een klap had verkocht.

42

Suzan zei die middag 'Doeg.'

Dat was het enige wat ze zei, voordat ze naar huis fietste.

Die stomme, dikhuidige Suzan... Ook al was ze volkomen anders dan ik, ze was toch mijn vriendin. Ze had die cd in mijn tas gestopt. En ze had het voor me opgenomen tegen mijn ouders. En de dingen die ik haar had gezegd... Ach, die had ik misschien niet zo moeten zeggen. Maar ik had op dat moment niet echt anders gekund, vond ik.

Ze had niet weg moeten fietsen met enkel 'doeg'. Van al die andere leerlingen kon het me niet zoveel schelen dat ze me nu behandelden alsof ik lepra had. Ik wist dat ze nog steeds hun twijfels hadden over of ik nou dingen zag of niet. Daarvoor was alles te vreemd geweest. Het kon me op dit moment niet zo erg veel schelen dat ze zo deden. Op de een of andere manier was ik daar klaar mee.

Je kunt niet iedereen te vriend houden, dacht ik.

Maar Suzan had dat niet moeten doen. Suzan was niet iedereen. Suzan had, als enige, moeten wachten na school, en moeten zeggen: 'Wat bedoelde je nou eigenlijk precies?'

Daarna had ik dan uitgelegd dat ik het moeilijk had en dat ik haar niet had willen beledigen. Dat het niet echt om haar ging.

En daarna had ze me een klap gegeven tegen mijn schouder en had ze kunnen zeggen: 'Kijk voortaan een beetje uit wat je beweert, ja?'

Zo had het moeten gaan.

Maar haar dikkige gezicht was afgewend en haar ogen waren neergeslagen, en ze haalde haar fiets uit de stalling en fietste vlak langs me heen.

43

Hierdoor leek ik weer terug te zijn waar ik was begonnen.

Maar dat *kon* niet meer! Ik wist zeker dat ik niet weer door kon gaan met alleen aan de rand van het schoolplein zitten lezen, en weer alleen terug naar huis fietsen, waar me niets anders wachtte dan onuitgesproken woorden en het wollige tapijt van mijn vaders muziek.

Jezus, ik was somber toen ik naar huis fietste. Ik keek naar mijn banden, die schuurden over het asfalt. Elke trap kostte me moeite.

En zo kwam ik binnen in ons huis. Mijn moeder was ergens bezig, ik hoorde haar scharrelen, zachtjes knirpend over het parket. Even dacht ik erover om naar haar toe te gaan. Om toch weer te proberen om met haar te praten. Om haar te vragen wat ze precies bedoeld had, toen ze wegliep 's ochtends. Dat ene woord spookte nog door mijn hoofd. Wat had ze daarmee willen zeggen? Een woord als 'liefje' kun je op zoveel verschillende manieren uitleggen. Alles gaat om de toon waarop je het zegt...

Ik hoorde mijn moeder iets neerzetten. Al twee-driemaal eerder, in flitsen, had ik gedacht dat zij het eigenlijk best wilde; dat ze best wilde weten wat er in me omging, dat ze best wilde horen hoe ik dacht over ons leven, het mijne zowel als het hare. Maar ze leek het niet te kunnen.

Ik stond te luisteren naar haar geluiden, en ik dacht: o mam. Waarom moet het toch altijd zo moeilijk gaan? Bijna was ik naar haar toe gelopen, maar op dat moment kwam ze zelf de gang in lopen en ze zag me staan.

'Zo,' zei ze. 'Ik hoop wel dat het nu afgelopen is met die toeren.'

Het woord *toeren* maakte me razend! Al mijn wijze overpeinzingen waren meteen weer opgelost. Want dit klonk alsof ik een paar grappen had uitgehaald. Kwajongensstreken. Gewoon, omdat ik dat *leuk* vond of zoiets!

'Het is inderdaad *af*gelopen!' zei ik.

En dat was weer alles wat we tegen elkaar zeiden. Op mijn kamer pakte ik wat dingen in een linnen tas.

Op het hardroze Bugs Bunny-briefpapier schreef ik een brief.

Als jullie dit lezen ben ik weg.

Jullie hebben nooit geprobeerd om naar me te luisteren. Misschien konden jullie dat ook niet. Maar wij – Tim en ik – hebben wel altijd naar jullie moeten luisteren. Of in ieder geval naar jou, pap. We hadden geen keuze, en anders kregen we straf.

Ik vind het een straf om hier in huis te wonen. Ik heb er ademproblemen van gekregen.

Ik moest altijd zijn zoals JULLIE dat wilden! Daarom ga ik weg.

Jullie hoeven je verder geen zorgen te maken.

Over een tijd zal ik wel iets van me laten horen.

Ik heet trouwens Libby!!!! Geen Liesbeth.

P S. *Misschien kunnen jullie ook eens iets ANDERS vragen aan Tim dan alleen maar hoe het op school gaat. Er bestaan namelijk nog meer dingen dan school!*

Ik wist dat mijn ouders met afgrijzen zouden kijken naar dat krankzinnige, grijnzende konijn, en dát beeld, die verbijsterde gezichten, die verplicht waren mijn laatste boodschap te lezen van dat kitscherige vel papier, dat deed me even goed.

Ik liep naar beneden. De keuken was leeg, ik legde de brief op tafel.

Zo zacht mogelijk opende ik de voordeur, en net zo behoedzaam sloot ik hem achter mijn rug. Na het zachte klikje van het slot liep ik het tuinpad af. Toen stond ik op straat.

44

Haastig liep ik weg.

Algauw kwam ik bij het winkelcentrum. Het was er druk, en even was ik bang, voor de drukte, voor alles om me heen.

Want het is eng om in je eentje rond te trekken, zonder dat je een huis hebt. Ik had, om maar iets te noemen, nog nooit buiten geslapen. Ik had zwervers gezien natuurlijk, toen in Amsterdam, en die hadden er treurig en vies uitgezien. Hun ogen hadden gestoord gekeken. Het leven buiten was waarschijnlijk heel hard.

En hier liep ik, in de grote winkelstraat, te midden van al die voorbijgangers, te midden van de bonkende muziek, de snelle jongens op hun scooters en de winkelaars...

Ergens, tegen een muur, ging ik zitten. Naast een container vond ik een stuk karton. Daar schreef ik met een viltstift op:

VOORSPELLINGEN!

IK ZIE UW LEVEN!

DRIE EURO

Mijn zoveelste achterlijke streek. Maar ik kon niets beters verzinnen. Geld had ik nauwelijks, dus ik had dit bedacht. Mensen betalen tenslotte voor de meest idiote dingen. Als het maar met henzelf te maken heeft. Niet voor niks had Evelien gevraagd: 'Gaan we er geld voor vragen?'

En zo zat ik te wachten. Er gingen hopen mensen voorbij. Meestal keken ze even in mijn richting, maar daarna keken ze vlug een andere kant uit. Ik dacht opnieuw aan Evelien, die lachend tegen een zwerver had gezegd: 'Maar ik ben niet dakloos.'

Ik was dus nu een dakloze. Iemand die nergens

meer bijhoorde. Iemand zonder familie, zonder huis en zonder geld... Vooral dat laatste. En dat was dus blijkbaar iets waarvoor ik me moest schamen. Dat was wat al die voorbijgangers uitdrukten, al die dikke, roze wijven met hun opgestapelde boodschappen, en al die kerels die daar verveeld achteraan sloften. Zij hadden het wel. En iemand die het niet had was iets minderwaardigs, dat was duidelijk.

Ik had gedacht dat er gauw genoeg een paar mensen bij me zouden komen staan. Mensen die iets wilden weten over zichzelf – maar lange tijd gebeurde er niks.

Na drie kwartier kwam er dan een man bij me staan. Ergens in de vijftig. Hij had ongeschoren wangen, hij droeg een jagersjas met vetvlekken.

'Zo meissie...'

Ik knikte.

'Wilt u een voorspelling?'

Eerlijk gezegd was ik op dat moment alleen maar stijf. Als je drie kwartier op de kille stoeptegels zit, dan ga je dat aardig voelen. Mijn achterwerk was van hout. Ik kwam overeind.

'Dus jij kan de toekomst voorspellen?'

'Nee. Ik kan u zeggen wat u moet veranderen aan uw leven.'

Hij giechelde. Die man stond daar te giechelen, met een slecht gebit. Gelukkig woei het een beetje, anders had ik waarschijnlijk zijn adem geroken.

'Wat ik moet veranderen...'

Mensen praten je altijd na. Je moet er maar eens op

letten. Als mensen heel traag en moeizaam denken, dan herhalen ze stomweg wat je net hebt gezegd.

'En dat is drie euro?'

Hij kon dus lezen. Ik knikte.

'Niet goedkoop.'

'Hartstikke goedkoop,' zei ik. 'Want ik ben erg goed.'

Hij keek me aan.

'Nou, vooruit dan maar!'

Hij trok zijn portemonnee. Er hing een druppel aan zijn neus. Dat viel me toen op.

Langzaam gingen zijn dikke vingers door zijn portemonnee.

'Eens kijken... Eén... Dat is twee... Vijftig... Doe je het ook voor twee vijftig?'

'Geef maar hier,' zei ik.

Ik pakte de munten aan. Ik deed erg mijn best om niet zijn vieze vingers aan te raken, maar dat gebeurde dus wel.

'Goed,' zei ik.

Ik concentreerde me. Dat wil zeggen: ik probeerde me te concentreren. Ik probeerde precies zo ontspannen te zijn als ik was geweest op die bank bij school. Ik probeerde om weer diezelfde vreemde stemming bij mezelf op te wekken.

Maar ik zag niks.

Ik zuchtte. Ik waaierde met mijn handen.

En eindelijk kwam er iets. Erg langzaam. Ik zag iets kloppen... Ik hoorde een vreemde taal...

'U...' zei ik met een rare, hoge stem. 'U heeft een operatie gehad...'

'Nou nou,' zei de man.

'U heeft een nieuw hart gekregen...'

Het was gebrabbel. Geleuter in de ruimte. Daar stond ik dan te zwetsen. Nog de vorige dag had ik iedereen voor één keer de waarheid gezegd; omdat ik al die onzin niet meer kon verdragen. En nu stond ik iemand iets onzinnigs op de mouw te spelden. Maar hij luisterde. Ik zei het al, als het maar over mensen zelf gaat dan horen ze je wel.

'Sindsdien bent u in de war,' ging ik verder. 'U bent niet meer dezelfde persoon als vroeger. Soms heeft u gedachten in een andere taal...'

De mond van de man viel open. Uitzicht op dat rottende, gele gebit. Ik moest nog even doorgaan.

'U denkt nu soms in het Japans,' zei ik. 'Dat komt door dat nieuwe hart. U heeft een Japans hart gekregen. Lastig, want u spreekt geen Japans.'

'Ko*le*re!' zei de man.

Hij begon opeens te lachen. Met zijn mond wijdopen lachte hij zich rot. Achter zijn rug liepen nog steeds winkelaars. Ze keken iets nieuwsgieriger in mijn richting, maar staan bleef er niemand.

'U zou Japans moeten leren,' zei ik nog.

De man schudde een paar maal zijn hoofd. Even dacht ik dat hij nog iets wilde vragen. Maar toen draaide hij zich om.

Daar was ik mooi van afgekomen. Je kletste maar wat, en het leverde geld op.

En met die gedachte stond ik weer een uur te wachten. Iedereen liep weer even gejaagd, de mensen leken stuk voor stuk een ongelofelijke haast te hebben.

Alleen twee jongetjes kwamen bij me kijken. Ze lazen mijn boodschap, daarna zei er één: 'Drie euro! Dat is een zak drop!'

De tijd kroop voort, seconde na seconde. Ik kan je zeggen dat ik intussen een behoorlijke hekel begon te krijgen aan het winkelcentrum, aan al die glanzende nieuwe rotzooi in de etalages. Want de dingen om mij heen hadden geen stem.

Voorwerpen kunnen best iets te zeggen hebben, dat had ik al verteld. Maar dan moeten ze karakter hebben. De meeste dingen die ik nu zag hadden geen enkel karakter. Ze waren alleen maar lelijk.

Maar vooral had ik een hekel aan al die mensen die me zichtbaar liepen te ontwijken.

Ik werd op dat ogenblik bekropen door het gevoel dat mijn ouders het eigenlijk bij het rechte eind hadden. Dat het niet zo slecht van ze was geweest om zich zo af te zonderen. Misschien hadden ze alleen maar geprobeerd om in hun huis een wereld te maken die leeg was, en rustig. Waarin gedachten ongestoord konden worden gedacht.

Even hoorde ik mijn vader weer zeggen: 'Het gaat goed. Met mijn cantate, bedoel ik.' En daarin lag zo'n tevredenheid dat ik er nu bijna om begon te janken.

Ik was diep weggezonken in mijn gemijmer. Daarom was het totaal onverwachts dat diezelfde man plotseling weer voor me stond. En net iets te dichtbij. Hij drong binnen in m'n ruimte, en hij deed 't opzettelijk.

'Zeg,' zei hij.

'Ja?' vroeg ik, m'n rug tegen de muur duwend.

'Dat was best een geinige truc.'

'Het is geen truc,' zei ik.

'Maar,' zei hij, een wijsvinger omhoog stekend, 'erg hard gaat 't niet, hè?'

'Nee,' zei ik.

'Nou ja,' zei de man. 'Ben jij weggelopen of zoiets?'

Ik trok mijn schouders op.

'Als je wilt, weet ik wel een slaapplaats voor je.'

'Euh...' zei ik.

Ik huiverde.

'Ik bedoel er niks mee, hoor,' zei hij. 'Ik wil je alleen maar helpen.'

'Niet nodig,' zei ik.

'Kom meissie. Je hoeft niet zo wantrouwig te doen. Het is echt uit goeiigheid...'

Ik graaide naar m'n tas. Op dat moment dook een bekend gezicht op, vlak achter die oude kerel.

'*Corrie!*' riep ik.

'Hé,' zei hij opkijkend. 'O... Hai.'

De man keek om, en maakte zich toen uit de voeten.

45

'Zo,' zei ik tegen Corrie. 'Waar ga je naartoe?'

Hij keek verbaasd om zich heen. Ik geloof dat hij dacht dat hij in de maling werd genomen. Jongetjes als Corrie Huttenbach worden eeuwig in de maling genomen.

'Gewoon,' zei hij zacht. 'Ik moet een paar dingen hebben. Superlijm...'

'Zal ik meegaan?' vroeg ik.

Ik duwde hem intussen min of meer voort, verder in de richting die hij al had gelopen. Hij stribbelde een beetje tegen.

'Meegaan?'

Ik keek ook om me heen. Ik was bang dat die man nog ergens in de buurt rondhing.

'Wil jij een milkshake?' vroeg ik. 'Corrie? Wil jij een milkshake met mij gaan drinken? Kun je een beetje doorlopen?'

Corrie kleurde.

'Waarom?' vroeg hij.

Dat ergerde me weer. Ik bedoel, ik dacht dat hij blij verrast zou zijn of iets dergelijks.

'Een milkshake,' zei ik. 'Ik trakteer. Oké?'

'Oké,' zei hij zacht.

En dus zat ik even later in *Kroket van Ed* tegenover Corrie. Ik was het joch dankbaar, want hij had me op de een of andere manier toch gered. Maar nu ik daar zat ging het door me heen dat ik toch wel graag door iemand anders was gered. Corrie had namelijk geen enkele conversatie. Hij keek me niet aan. Hij slurpte van zijn chocolademilkshake.

'Hoe gaat 't met jou?' vroeg ik.

Hoe gaat 't met jou. Het klonk alsof ik zijn beste vriend was. Het was een imbeciele vraag.

'Goed,' zei Corrie. Schichtig keek hij op. 'Ga je mij nou allerlei dingen vertellen of zo?'

Hij had natuurlijk gehoord wat er was voorgevallen

op school. En nu dacht hij nog steeds dat hij te pakken zou worden genomen. Ergens vond ik dat zielig. Het was een ielig mannetje.

'Ach nee,' zei ik. 'Dat was... weet ik veel. Je moet niet zo wantrouwend zijn. Zoveel weet ik niet. Echt niet.'

'O,' zei Corrie. 'Dat dacht ik ook eigenlijk al.'

'Wat dacht jij al?'

'Dat je iedereen in de zeik zat te nemen.' Hij grinnikte. Een klein, achterbaks grinnikje. 'Ik vond 't wel grappig.'

Hij vond het grappig. Hij dacht dat ik iedereen een streek had geleverd. Ik dacht aan mijn moeder. 'Toeren' had ze gezegd.

'Het was niet grappig bedoeld, Cor. Het was niet mijn bedoeling om iedereen in de zeik te nemen.'

'Nee?'

'Nee. De meeste mensen zijn best aardig namelijk. Krijmborg niet, dat ben ik heus wel met je eens. Maar de meeste mensen zijn echt niet zo erg. Niet zoals Krijmborg. Echt niet.'

Hij haalde zijn schouders op.

'Misschien,' zei hij.

'Ik moet er zo weer vandoor,' zei ik.

Hij leek op te schrikken.

'Je kunt ook met mij mee naar huis,' zei hij. 'Ik woon hier in de buurt. Ik heb een verzameling. Wil je die zien?'

Jezus, het laatste wat ik wilde was Corries verzameling zien. Ik kon me die verzameling wel voorstellen. Maar daar ging het eigenlijk niet om. Ik wilde zijn verzameling vooral niet zien omdat ik er niet tegen zou kunnen. Omdat ik op dat moment zo'n beetje zelfmoord zou plegen bij het zien van zijn triestige, in elkaar geplakte tankjes of met de hand beschilderde soldaatjes.

'Sorry,' zei ik. 'Ik moet nog van alles doen. Volgende keer misschien.'

Ik stond op. Zijn gezicht werd een beetje strakker. Hij had die klap alweer zien aankomen. Ik probeerde nog iets aardigs te zeggen.

'Ik zie je wel weer in de klas. Oké?'

Hij haalde zijn schouders op.

Ik maakte dat ik wegkwam.

46

Ik ben toen maar weer teruggelopen naar onze straat. Ik ben langs de voorkant van ons huis gelopen, heel langzaam, maar niemand zag me gaan, geloof ik. Ik stond zelfs nog een tijdje naar binnen te gluren. Maar daarna liep ik om de huizen heen en heb ik aangeklopt bij de schuur van Thijs.

Hij deed open. Gelukkig was hij thuis.

'Ik ben weggelopen,' zei ik. 'Mag ik hier blijven?'

'Hè?' zei Thijs. 'Nou ja... Kom binnen.'

Die nacht ben ik bij hem blijven slapen. Hij was lief en klungelig, en hij vertederde me. Want god, hij *praatte* met me. Hij zei in ieder geval gewoon wat hij dacht, bedoel ik, zonder al te veel omwegen. En hij probeer-

133

de niet om zich beter voor te doen.

Ik vertelde hem dat ik was gevallen, en dat ik vervolgens alleen maar straf had gekregen. Dat ik daarom was weggelopen.

'Ben jij triest of zo?' vroeg Thijs. 'Wil je iets anders drinken dan thee misschien?'

Ik grinnikte.

'Rustig maar,' zei ik. 'Nee, ik ben niet triest.'

Hij liep daarna op en neer, door die afgetrapte, slordig ingerichte schuur, en hij maakte grappen, hij deed een Chinees na, god weet waarom, 'I laik wok en wol!' riep hij. Jongens zijn nou eenmaal zo, soms. Daarna vertelde hij over zijn ouders, die relatietherapie hadden, waarbij zijn moeder gedreigd had weg te gaan, waarna zijn vader gezegd had dat hij dan ook wegging, waarna zijn moeder lachend had gezegd dat ze dan maar samen moesten gaan.

'Eigenlijk wilden mijn ouders dus weglopen!' zei Thijs schaterend.

En toen zweeg hij, want hij besefte, geloof ik, ineens weer dat ik was weggelopen.

Maar het gaf niet. Ik voelde me wel goed. Even kon ik me echt ontspannen. Voor het eerst in dagen, om precies te zijn. Ik lag op m'n buik op zijn bed, thee te drinken en te luisteren naar z'n stem. Het was stervenswarm, want hij had de kachel idioot hoog gezet, en ik was gelukkiger dan ooit, dat ik daar lag, te midden van zijn gitaren, dat wrakkige bureau en zijn oude kokosmat. Ik vroeg me af waarom ik me hier elke keer zo goed voelde.

'Waarom vraag jij me bijna nooit iets?' vroeg ik.

'Wat je vertellen wil dat vertel je toch wel,' zei Thijs. 'Luister even, dit is voor jou.'

Hij was toen net weer gitaar gaan spelen. Hij zat in een leunstoel waarvan de bekleding losliet en hij tokkelde iets dat eenvoudig was, en best ontroerend.

'Mijn moeder wilde vroeger danseres worden,' zei ik, toen hij klaar was.

Blijkbaar kon dat. Blijkbaar kon ik plotseling iets kwijt, nu. Bij sommige mensen krijg je soms opeens het gevoel dat dat kan.

'O,' zei Thijs. 'Ja. Mijn vader heeft vroeger nog bij het circus gewerkt, geloof ik. Nou heeft hij een reclamebureau.'

'Zouden wij ook zo worden?' vroeg ik.

'Ik niet,' zei Thijs. 'Ik word muzikant. Dat weet ik zeker.'

'Wat heerlijk als je daar zo zeker van bent.'

'Ja. In de tijd van onze ouders was alles anders, volgens mij. Volgens mij hebben wij veel meer te kiezen. Jouw moeder kreeg gewoon kinderen. Nou ja... Als ze het écht had gewild was ze wel doorgegaan natuurlijk.'

'Volgens mij was ze best goed.'

'Misschien.'

'Hoezo misschien? Wat weet jij daar nou van?'

'Misschien was ze helemaal niet goed. Misschien ook wel. Wat doet het ertoe?'

'Dat is belangrijk! Volgens mij was mijn moeder echt heel goed. Alleen mijn vader ging altijd voor. Dat heeft niks te maken met de tijd waarin mijn ouders opgroeiden. Jezus, ze hebben elkaar ontmoet in de jaren *tachtig*, hoor! Niet in de achttiende eeuw of zoiets!'

'Rustig nou maar, Libby.'

'Ik bén rustig! Wat weet jij er nou van? Mijn moeder had gewoon door moeten gaan! Ze had door moeten gaan met dansen! Dan was ze nu heel anders geweest!'

Hij irriteerde me plotseling behoorlijk, dat kan ik je zeggen. Hij luisterde niet, wat ik blijkbaar wel had verwacht. Zoals ongeveer iedereen had hij zijn oordeeltjes alweer klaarliggen.

'Blijkbaar kon ze dat n-'

'Jij weet er niks van!' zei ik. 'Weet je wat het is? Jíj bent arrogant! Zo goed is je stem trouwens helemaal niet! Soms zing je vals of haal je noten niet!'

Zijn gezicht betrok. Ik vroeg me af waarom het me allemaal zo dwarszat. Ik vroeg me af waarom ik het nodig vond om mijn moeder zo te verdedigen.

'Hou jij je nou maar fijn bij klassieke muziek,' zei Thijs.

We waren een tijd stil. Ik had alweer spijt van wat ik gezegd had. Soms word je zo heen en weer geslingerd.

'Sorry,' zei ik. 'Sorry... Het is echt lief van je dat ik hier... En wat je voor mij gemaakt had, dat vond ik...'

'Ja ja,' zei Thijs.

'Ik heb een tijdje viool gespeeld,' zei ik.

'O.'

'Ja. Mijn ouders vroegen dat op een dag. Toen ik zes was of iets dergelijks. En toen was er opeens een viool. En ik moest elke week naar les. Maar het lukte niet. Hoe ik ook mijn best deed, het klonk nooit echt mooi.

Op den duur begon ik die viool te haten. Al vrij snel eigenlijk.'

'Ja.'

Hij was beledigd, dat was duidelijk.

'Ik wist totaal niet meer waarom ik ooit ja had gezegd. Waarom ik eraan was begonnen. Misschien alleen maar omdat mijn ouders het zo graag wilden. Vooral mijn vader. Die hoopte dat ik ook klassieke muziek ging maken, denk ik. Net als hij... Op een dag vroeg hij me toen om wat voor te spelen. Ik was toen alweer twee jaar bezig. Kun je je voorstellen? Twee jaar lang in de weer met dat jammerhout! Dus hij kwam naar mijn kamer. En hij ging zitten. Hij ging er echt voor zitten. Met een soort van verwachting in zijn blik. Met een soort van hoop, dat ik talent zou hebben of iets dergelijks.'

'Hm.'

'Ik heb toen mijn viool gepakt. En ik heb een etude gespeeld. Een van die dodelijk saaie etudes die ik moest oefenen. Die heb ik toen gespeeld, zo lelijk als ik maar kon.'

'Ja?'

'Ja. Ik zag mijn vader schrikken. Ik zag dat hij teleurgesteld was. Met elke streek van mijn strijkstok zag ik hem verder betrekken. Het was precies wat ik wilde bereiken, dat was het ergste. Ik zag hem denken: dat wordt nooit iets. Een paar weken later ben ik van les gehaald.'

Thijs grinnikte.

'Dat was stom,' zei ik. 'Dat was gewoon zo stom! Ik had ook gewoon kunnen *zeggen* dat ik er geen zin meer in had. Maar dat kon ik niet. Ik kon *niks* zeggen! Ik kon alleen maar vals spelen. Letterlijk dus. Of figuurlijk, weet ik veel.'

'Misschien heb je wel gelijk,' zei Thijs, een andere kant uitkijkend.

Hij draaide zich naar me toe.

'Misschien heb je wel gelijk, dat ik soms nog niet helemaal goed zing. Maar ik werk er tenminste aan. Iedereen doet wat-ie kan, Libby. Je moet... Je *moet* soms gewoon vals spelen. Want je kunt niet zomaar alles zeggen. In ieder geval niet zulke harde dingen. Zelfs al zijn ze misschien... gedeeltelijk waar.'

Dat kwam wel aan. Hij had iets terneergeslagens nu. Dat had ik gedaan, met een paar woorden. Het drong opeens tot me door dat ik iemand was die mensen geen hoop gaf.

Erger nog, ik was iemand die de hoop bij anderen wegnam. Zoals bijvoorbeeld bij dat Indiase joch, die dacht dat hij voetballer zou worden. Ik zag hem weer voor me, eerst vrolijk. En toen hij wegliep van die bank waarop ik zat te preken, had hij iets *kleiners* gehad dan eerst. Dat had ik gedaan. Hij wilde profvoetballer worden. Dat was zijn hoop geweest, en die had ik met een paar woorden weggeveegd...

Ik begon te huilen. Dit keer omdat ik me schaamde. Ik schaamde me nu ontzettend voor alles wat ik had aangericht. Ik vond mezelf hysterisch en boosaardig. Ik begreep totaal niet meer waarom ik al die dingen had gedaan.

Thijs keek ervan op, dat zag ik. Hij tuurde bedremmeld in mijn richting. Toen kwam hij bij me staan. Hij omhelsde me.

'Libby,' zei hij. 'Zo erg is het toch ook weer niet?'

'Ik ben zo'n trut geweest!' zei ik. 'Ik heb iedereen om me heen alleen maar nijdig gemaakt... Terwijl ik juist... juist...'

'Jij kunt het toch niet helemaal helpen?' zei hij. 'Je bent gewoon boos. Om alles van je ouders. Je bent uitgegleden en daarna-'

'Ik bén niet uitgegleden! Was dat maar zo! Ik heb me *laten* vallen!'

Het was eruit voordat ik er erg in had. Voordat ik begreep wat ik zelf zei. Maar het was waar. Ik had hem de waarheid gezegd over mezelf. Dat was afgrijselijk. Ik wist zeker dat dat het einde was van alles. Dat hij zich nu walgend van me zou afwenden, omdat hij zag wat voor iemand ik was.

'Libby,' zei Thijs.

'Ik heet Liesbeth,' zei ik snikkend. 'Geen Libby! Dat is ook zo achterlijk.'

Thijs grinnikte opnieuw.

'Het is goed afgelopen,' zei hij. 'Blijkbaar was het ergens voor nodig. Blijkbaar is het moeilijk om dingen te zeggen bij jullie thuis... En moet je dat daarom dan maar... Als je maar beseft dat... Het is gewoon niet zo vreselijk! En mij heb je niet nijdig gemaakt. Echt niet. Je hebt me opgezocht omdat je het moeilijk had. Omdat je dacht dat je niks anders meer kon. Maar dat is wel een soort vertrouwen. En dat is iets goeds, volgens mij. Als je iemand anders kunt vertrouwen, dan betekent dat dat je zelf zo slecht niet bent. Anders had je dat vertrouwen niet...'

Ik begon toen bijna nog harder te huilen, maar op dat moment kuste hij me.

47

We hebben daarna nog heel lang liggen praten. Alles wat in me opkwam mocht toen naar buiten. Thijs had het licht uitgedaan, we waren alleen maar twee stemmen in het donker. Het gaf niet wat we zeiden. Het gaf niet of het stom was, of kinderachtig, of raar. We hadden het over voorvallen, over iedereen en alles wat er was gebeurd. Soms begon ik weer even te huilen. Dat gaf ook niet. De tijd racete intussen voort, en uiteindelijk, toen het alweer licht begon te worden buiten, zijn we in slaap gevallen.

's Ochtends zouden we in het huis van Thijs gaan ontbijten. Ik durfde nauwelijks door zijn achtertuin te lopen. Ik sloop dus langs de heg, bukkend, en m'n jas had ik over mijn hoofd.
En toen zag ik toch mijn vader.
Omdat ik even in de richting keek van ons huis zag ik hem staan. Hij stond in de keuken, op de eerste verdieping, met een beker koffie, en hij keek uit over de tuinen en zag er nog ongelukkiger en verfomfaaider uit dan hij de laatste tijd al had gedaan.
Dat zag ik allemaal in een ogenblik, in datzelfde ogenblik kreeg hij mij in de gaten.
Hij liet toen die beker uit zijn hand vallen. En daarom keek hij omlaag, naar zijn voeten, en even dacht ik

erover om heel hard weg te rennen.

Maar dat deed ik niet.

'Heeft-ie je gezien?' vroeg Thijs, die in mijn buurt stond.

'Ja,' zei ik. 'Ik ga nu maar naar huis.'

'Moet ik met je meegaan?'

'Nee,' zei ik. 'En je hoeft je ook geen zorgen te maken, want ik kom wel weer terug.'

Thijs pakte me bij mijn schouders en hij wilde me zoenen, daar in die tuin, maar ik rukte me los, want ik was bang dat m'n vader intussen alweer stond toe te kijken.

Maar dat was niet zo. Hij kwam onze achtertuin in lopen, en zijn ronde gezicht leek op dat van een verregende uil, beter kan ik het niet beschrijven.

'Liesbeth,' zei hij, en aan de hulpeloze manier waarop hij dat uitsprak begreep ik dat hij voornamelijk bang was.

'Hai,' zei ik.

Even stonden we naar elkaar te staren met die heg ertussen. Ik aan de ene kant, en hij aan de andere.

'Kom alsjeblieft naar huis,' zei hij.

'Dag meneer Skibner,' zei Thijs, maar mijn vader deed alsof hij dat niet hoorde.

Ik liep langs de schuur, en daarna onze achtertuin binnen. Mijn vader was intussen zijn componeerkamer binnengegaan, de buitendeur had hij opengelaten.

Het was alweer een tijd geleden dat ik daar was geweest, want eigenlijk was niemand daar ooit welkom. Het was er, zag ik over de drempel stappend, een complete puinhoop van bekers waar ooit koffie in had ge-

zeten, van stapels muziekboeken en vooral van proppen papier – overal die proppen op de vloer, die mijn
vader in elkaar had gefrommeld.

Hij zat achter de vleugel.

'Ga zitten,' zei hij. 'En luister even, als je dat nog
kunt opbrengen.'

Er was een lage bank, ik schoof een paar boeken
opzij en ging zitten. Hij begon te spelen.

Ik dacht aan Thijs, die ook voor me had zitten spelen. Eerst Thijs, dacht ik, en nou mijn vader. Raar is
dat. Alsof ze om me vechten...

Maar daarna golfde de melodie door mijn hoofd.
Een thema, heel licht en prettig. Het dook onder in
een ander thema. Toen dook het weer op, en die twee
thema's speelden als dolfijnen om elkaar heen, en het
was alsof er licht glinsterde op de golven waarin ze
sprongen en dansten.

Na tien minuten sloeg mijn vader de laatste akkoorden aan. Het werd stil.

'Dat was voor jou,' zei hij zacht. 'Nadat je geboren
was heb ik dit gemaakt. Voor jou.'

48

Toen ik terugkwam in de klas, een kleine week later,
deed iedereen weer min of meer normaal. De Kakkers
gingen om met de Kakkers, de Hockeys met de Hockeys en de eenlingen waren weer de eenlingen.

Alleen ons groepje lag uit elkaar. Wat ik, eerlijk gezegd, nogal een opluchting vond.

Het gekke was: ik zag iedereen op school nu met andere ogen. Ik was weer een eenling, maar anders dan eerst. Ik merkte, wil ik maar zeggen, dat ik sommige mensen gewoon... wel aardig vond of zo. Of ze nou bij een groepje hoorden of niet. Ik wist zoveel intussen, en dat maakte dat ik veel mensen anders bekeek. Dat ik wel dacht te begrijpen waarom ze bepaalde dingen deden, of juist niet deden. Iedereen imiteert iedereen en dat zal best ergens voor nodig zijn. Maar het zijn juist de kleine verschillen die daaronder zitten, waardoor je mensen gaat mogen. Het zijn de kleine verschillen die mensen iets bijzonders kunnen geven, iets typisch – iets waarvan je kunt gaan houden. En dat is wat ik plotseling in de gaten had.

Thuis is alles iets normaler nu. Soms drink ik thee met mijn moeder, en dan vertellen we elkaar een paar voorvallen van de dag. Ze schijnt ook een keer met Tim te hebben gepraat. Ik ben daar niet bij geweest, maar het lijkt iets te hebben veranderd. Laatst hoorde ik hem lopen, op de trap, en hij *floot*. Fluitend liep het baasje door ons huis.

Met Thijs is het niet echt iets geworden. Hij wilde wel vrienden blijven, zei hij een paar dagen later, en ik was altijd welkom, maar 'hij was er nog niet aan toe om zich aan iemand te binden'. Dat was even pijnlijk, maar niet zo lang.

Ik ben verliefd op Ruben nu.

Ruben uit mijn klas... Ook een eenling, net als ik. Hij weet het nog niet. Hij weet niet dat ik hem stiekem bekijk soms, en dat ik hem leuk vind, om de rustige manier waarop hij de dingen doet, en de volharding waarmee hij afwacht.

Blijkbaar is het soms nodig om af te wachten. En blijkbaar hoeft dat niet erg te zijn. Rubens tijd zal wel komen, daar gelooft hij in. Dat straalt hij uit.

En wie weet, zal het onze tijd worden.

Dat hoop ik. Dat hoop ik echt.

Misschien zal ik hem dat wel eens vertellen. Misschien, want ik ben er eerlijk gezegd een beetje huiverig voor. Het is niet zo dat ik nog steeds voortdurend denk dat ik dingen zit te verraden als ik me uitspreek. Maar woorden zijn zo raar. Voor de een kan hetzelfde woord iets totaal anders betekenen dan voor de ander.

Daarom bekijk ik hem nu nog van een afstand; weer zit ik op een afstand toe te kijken.

En weer heb ik een kathedraal gebouwd.

Mijn nieuwste, te midden van al die andere. Hij is nog niet af, hij is nog aan het groeien. Het zou wel eens een hele hoge kunnen worden. Een lichtere. Een in vrolijke kleuren.

Ik laat er mijn nieuwe aantekeningen op achter. Er is, ergens binnen, ook een donkere nis. Daar ga ik soms even langs.

Je mag het achterlijk vinden. Je mag erom lachen, dat kan me niet schelen. Maar als ik voor die nis sta zie ik zijn groene ogen, zoals die me even aankeken die ochtend op school.

Dan lees ik hardop voor wat ik daar zelf geschreven heb.